Recuperar su amor
Cat Schield

Editado por Harlequin Ibérica.
Una división de HarperCollins Ibérica, S.A.
Núñez de Balboa, 56
28001 Madrid

© 2017 Catherine Schield
© 2018 Harlequin Ibérica, una división de HarperCollins Ibérica, S.A.
Recuperar su amor, n.º 2114 - 5.7.18
Título original: The Heir Affair
Publicada originalmente por Harlequin Enterprises, Ltd.

I.S.B.N.: 978-84-9188-241-1
Depósito legal: M-16118-2018
Impresión en CPI (Barcelona)
Fecha impresion para Argentina: 1.1.19
Distribuidor exclusivo para España: LOGISTA
Distribuidor para México: Distibuidora Intermex, S.A. de C.V.
Distribuidores para Argentina: Interior, DGP, S.A. Alvarado 2118.
Cap. Fed./Buenos Aires y Gran Buenos Aires, VACCARO HNOS.

Capítulo Uno

Kyle Tailor estaba sentado en el sofá al lado de su socio y mejor amigo del instituto, Trent Caldwell. Era el día de Acción de Gracias. En la televisión de sesenta pulgadas del salón se veía un partido de los Leones de Detroit contra los Vikingos de Minnesota. Kyle no lo estaba siguiendo. Tenía la mirada clavada en la hermana de Trent.

Nunca le había molestado estar solo hasta que apareció ella. En la mayoría de los aspectos era más sencillo vivir su vida sin que nadie se la alborotase ni física ni emocionalmente. Había sido toda una sorpresa sentir deseo por Melody.

Desde entonces ya no dormía bien si no la sentía a su lado. Desde que se había marchado, pasaba por reuniones y actividades rutinarias como en una especie de aturdimiento, incapaz de concentrarse en nada. Echaba de menos sus abrazos y sus bromas. Había bajado de peso, ya no iba al gimnasio y había perdido una cantidad de dinero inadmisible desde que, un mes antes, había ido Las Vegas a ocuparse de manera temporal de la gestión del Club T.

Trent le dio un codazo en las costillas.

Kyle apartó la mirada de Melody y miró a su socio con una ceja arqueada.

—¿Qué?

3

–Ve a hablar con ella.

–Ya lo he intentado antes.

Nada más llegar habían intercambiado un forzado «feliz día de Acción de Gracias» y un incómodo abrazo.

–Me evita.

–Inténtalo otra vez.

–Está hablando por teléfono.

Trent gruñó y volvió a mirar el televisor. Tenía a su hijo sentado en el regazo, ambos tenían los mismos ojos azules, que el pequeño clavaba en la pantalla cada vez que marcaban los Leones y su padre gritaba. Su madre los observaba a ambos con tal adoración desde el sofá de dos plazas que a Kyle se le encogió el estómago.

Se oyeron risas procedentes de la cocina. Nate Tucker, el tercer socio de su club de Las Vegas estaba recogiendo las sobras de la cena ayudado por Mia Navarro, la compositora con la que llevaba varios meses saliendo.

El día de Acción de Gracias se pasaba en familia y era una oportunidad para celebrar todo lo que uno tenía. Nate tenía a Mia. Trent tenía a Savannah y a Dylan.

Kyle se sintió frustrado. Él debía haber tenido a Melody, pero cinco meses antes los paparazzi la habían fotografiado saliendo de una discoteca de Nueva York de la mano del famoso pinchadiscos y productor musical Hunter Graves. En las fotografías, ambos se sonreían con complicidad, gesto que había torturado a Kyle día y noche hasta que por fin la había acusado de haberlo engañado. Melody lo había negado, pero Kyle había sido incapaz de creerla.

Melody había estado muy enamorada de Hunter en el pasado, tanto como para intentar recuperarlo y ponerlo celoso haciéndole creer que tenía un nuevo amor, Kyle. Y el plan le había salido bien.

Al percatarse de que tenía competencia, Hunter se había dado cuenta de su error y había intentado recuperarla, pero para entonces ya había ocurrido algo inesperado tanto para Melody como para Kyle. Se habían enamorado.

Kyle recordaba a la perfección el momento en el que se habían reunido los tres en casa de Melody, ella entre los dos hombres que la amaban. Se podía haber decidido por cualquiera de ellos. Kyle había sentido que se le paraba el corazón mientras esperaba a oír su decisión.

Y durante los meses siguientes, Kyle habría faltado a la verdad si hubiese dicho que no se había preguntado nunca si Melody era feliz con la decisión de haberlo elegido a él en vez de a Hunter.

La miró y le dio un vuelco el corazón. Le brillaban los ojos azules, estaba sonriendo y tenía las mejillas sonrojadas.

¿Estaría hablando con Hunter Graves?

Molesto consigo mismo por haber sacado aquella conclusión, se obligó a concentrarse en el partido, pero no pudo.

Enamorarse de Melody había sido la experiencia más increíble de su vida. Ninguna otra mujer había invadido así sus pensamientos. Y hacer el amor con ella era maravilloso. No obstante, Kyle no había podido vencer las dudas que merodeaban por su subconsciente ni el miedo a que algo que le hacía sentir tan bien no pudiese durar para siempre.

Basándose en su anterior vida amorosa, se había preparado para el inevitable fin de su relación con Melody, se había preparado para perderla, pero su relación había seguido funcionando bien durante meses y Kyle se había empezado a relajar, había comenzado a abrirse. Entonces Melody había tenido que irse de gira y la separación había creado una brecha emocional.

Y la maldita fotografía de Melany y Hunter en Nueva York había aparecido justo en un momento en el que su relación había estado más vulnerable debido al tiempo que llevaban separados. Ninguno de los dos había confiado lo suficiente en su relación como para aguantar una situación tan tensa. En esos momentos tenía un dolor de cabeza insoportable. Se clavó el dedo pulgar en el punto crítico.

Entonces recibió otro codazo.

—Ya ha colgado.

—Gracias.

Kyle se puso en pie y se dirigió lo antes que pudo a la terraza.

Melody ya estaba entrando y se cruzaron en la puerta. Kyle le bloqueó el paso, impidiéndole que entrase en la casa.

—Mira, he venido esta noche para hablar contigo —le explicó sin más preámbulos.

—Pensaba que habías venido por lo bien que cocina Nate.

Kyle no sonrió y Melody suspiró con desaliento.

Él sabía que ella odiaba que se cerrase así, pero hacerlo lo ayudaba a sufrir menos, aunque, según su terapeuta, también le impedía ser feliz.

Había empezado a ver a la doctora Warner cuando su carrera de jugador de béisbol se había terminado bruscamente unos años antes, después de tener que operarse por sus lesiones de hombro y de codo. La necesidad de ir al psicólogo lo había avergonzado. De hecho, había tardado varios meses en pedir cita. No obstante, había sido consciente de que necesitaba ayuda. La pérdida de una carrera profesional que le encantaba le había hecho sentirse tan vulnerable que no había sabido cómo superar la situación.

Su padre habría dicho que un hombre de verdad hacía frente a sus problemas sin acudir a un psicólogo. Brent Tailor pensaba que los hombres no hablaban nunca de sentimientos. Los hombres de verdad tomaban decisiones y, si se equivocaban, lo arreglaban. Kyle se había preguntado muchas veces si su padre pensaba que los hombres de verdad no tenían sentimientos.

–Tenemos que hablar de lo nuestro –le dijo, haciéndola salir.

–No sé por dónde empezar.

–Todas tus cosas están en mi casa de Los Ángeles, pero no has ido por allí desde que terminó la gira. ¿Vas a volver?

–No lo sé.

–Tengo la sensación de que lo nuestro se ha terminado.

–¿Es eso lo que tú quieres? –le preguntó Melody con voz ronca.

7

–No, pero tampoco podemos seguir así. O continuamos o lo dejamos. Tú decides.

No había pensado que le daría un ultimátum a Melody aquella noche. No había querido discutir con ella.

–Necesito pensarlo.

–Hace dos meses que terminó la gira –le contestó él con impaciencia–. Has tenido mucho tiempo para pensar.

–La situación es más complicada de lo que parece.

Melody no se explicó, a pesar de que Kyle le dio la oportunidad de hacerlo. En el pasado, había hablado con él de cualquier tema, pero en esos momentos parecían dos extraños.

–Yo lo veo muy sencillo. ¿Quieres estar con Hunter o conmigo?

–¿Con Hunter? –repitió ella sorprendida–. ¿Por qué dices eso?

–Estabas hablando por teléfono con él hace un momento, ¿no?

–No, era mi madre –respondió ella–. ¿Por qué has pensado que hablaba con Hunter?

Kyle tardó unos segundos en contestar.

–Porque quiere volver contigo.

–Es ridículo. ¿Por qué piensas eso?

–Me lo ha dicho él.

–¿Has hablado con Hunter? –inquirió ella, confundida–. ¿Cuándo?

–Después de que estuvieseis juntos en Nueva York. Lo llamé y le advertí de que guardase las distancias, pero me dijo que lo dejase en paz –le contó, cerrando los puños con rabia al recordarlo–. Al parecer, tú le comentaste que la distancia siempre enfriaba las relaciones y él lo interpretó como que no estábamos bien juntos. Y me dijo que pretendía recuperarte.

–No es verdad. Además, Hunter jamás podría recuperarme… porque todavía te amo a ti –replicó Melody con cierto tono de duda.

–No te veo muy convencida.

Temblando, Melody miró hacia las puertas correderas y Kyle siguió su mirada. Desde el interior los observaban cuatro pares de ojos, que intentaron disimular al instante.

–Todos quieren lo mejor para nosotros –comentó Kyle.

–Lo sé –admitió Melody–. No quiero tener esta conversación aquí. ¿Por qué no me llevas a casa de Trent y seguimos hablando allí?

Él asintió, al fin y al cabo, lo único que quería era hablar con ella.

–Me parece bien.

Diez minutos después, tras despedirse, Kyle iba conduciendo por las calles de Las Vegas en dirección a la casa de invitados de dos dormitorios, propiedad del hermano de Melody, en la que esta se alojaba siempre que iba allí.

Kyle mantuvo la mirada fija en la carretera y sujetó con fuerza el volante. Iba en silencio, muy serio, y Melody pensó que aquel no era el Kyle con el que había crecido, siempre sonriente y dispuesto a gastar bromas. Había sido el mejor amigo de su hermano y siempre la había tratado como a una hermana, así que Melody nunca había imaginado que iba a desearla como mujer.

Teniendo en cuenta su historial con las mujeres, Melody había pensado desde el principio que lo suyo acabaría estropeándose.

Tal vez no debían haber dado el paso de meterse en una relación.

Melody lo miró e intentó descifrar su expresión, pero no fue capaz.

Solo habían estado juntos nueve meses cuando ella había tenido que marcharse de gira con el grupo de Nate, Free Fall, y cuando llevaban tres meses separados ella había empezado a preocuparse por el futuro de su relación y a preguntarse si la explosión de deseo que habían vivido durante los primeros meses de su relación sería suficiente para construir algo más estable. Con el paso de las semanas, había empezado a crearse entre ambos una distancia que ni los mensajes de texto ni las llamadas por Skype habían podido salvar.

Ella no sabía qué pensar, porque no tenía mucha experiencia con los hombres. Desde niña, se había interesado más por la música que por los chicos, y los pocos con los que había estado habían sido como Hunter y como su padre: egoístas e irresponsables.

Y la relación más larga de Kyle había durado cuatro meses. Con su pasado como jugador profesional de béisbol, siempre había estado rodeado de chicas guapas. Así que ella había decidido disfrutar del tiempo que tuviesen juntos sin esperar mucho más.

Cuando había querido darse cuenta, ya llevaban seis meses juntos, y hasta su hermano Trent se había mostrado sorprendido y le había aconsejado que fuesen despacio, pero Melody se había mudado a la casa de Kyle, en Hollywood Hills.

De repente, la voz de Kyle interrumpió sus pensamientos.

–¿Por qué has estado evitándome desde que terminó la gira?

–Tenía mucho en que pensar.

–¿Como por ejemplo?

Antes de empezar a salir con Kyle, Melody siempre lo había visto como a un chico divertido, sexy y comprensivo. Nunca había visto en él el menor atisbo de vulnerabilidad. El padre de este siempre le había dicho de niño que tenía que controlar sus emociones, así que no era de extrañar que, ante el primer problema en su relación, Kyle se hubiese cerrado en banda.

No obstante, había sido ella la que había dado un paso atrás ante su primera muestra de emoción: cuando Kyle le había preguntado, enfadado y dolido, si lo estaba engañando con Hunter.

Por su parte, Melody, que era hija de Siggy Cladwell, tampoco sabía lo que era tener una relación sana de pareja: su padre era un hombre duro, misógino, arrogante y egoísta, que siempre había tratado mal a sus esposas e hijos.

Y a pesar de que Kyle no se parecía en nada a su padre, sus reproches le habían recordado a él y habían hecho que Melody quisiese dar a un paso atrás en su relación.

Pero no había dejado de amarlo.

Como no respondió, Kyle volvió a preguntar.

—¿Como por ejemplo? ¿En Hunter?

—No —respondió ella, negando con la cabeza y dejando escapar un suspiro.

—¿Te has vuelto a enamorar de él?

—¡No! —exclamó Melody con frustración—. Olvídate de eso. Quiero estar contigo.

—Pues no lo parece —comentó Kyle con rostro serio.

—No estamos como antes de que me fuese de gira —espetó ella.

—Eso es cierto.

—Podríamos volver e intentar averiguar qué ha pasado —sugirió—. O empezar de cero.

—¿Y si no podemos?

Melody no respondió.

Y Kyle siguió conduciendo hasta llegar a la urbanización en la que estaba la casa de Trent. Melody deseó poder leerle el pensamiento. Tenía un nudo en el estómago y le sudaban las manos, así que respiró hondo para intentar tranquilizarse.

Todavía no lo había conseguido cuando Kyle aparcó. Siguieron en silencio mientras bajaban del coche y se dirigían a la puerta. Él se quedó a sus espaldas mientras marcaba el código de seguridad que abría la puerta que daba al jardín trasero.

Siguieron el camino de piedra que llevaba a la puerta principal y entonces Melody intentó encontrar la llave adecuada, sin conseguirlo, y tuvo que hacerlo Kyle. Su cuerpo la rozó y Melody sintió deseo, quiso estar entre sus brazos, pero entonces él retrocedió.

–Adelante.

–Gracias –le respondió ella, conteniendo un gemido.

Había dejado las luces del salón encendidas porque sabía que volvería a casa de noche. Nada más entrar, el olor a rosas la golpeó. La tarde anterior le habían mandado un enorme ramo de rosas rojas con una tarjeta que decía: «Me siento agradecido por tenerte». La tarjeta no estaba firmada y Melody no había reconocido la letra, que imaginó que sería de la florista. Ya entonces había dudado de que fuesen de Kyle.

Y en esos momentos, mientras la ayudaba a quitarse el abrigo, se dio cuenta de que ni se fijaba en ellas. Se preguntó si, entonces, serían de Hunter.

–¿Quieres tomar algo? –preguntó a Kyle.

Este negó con la cabeza. Tenía la mirada clavada en el suelo.

–¿De quién son las flores? –inquirió.

–Yo tenía la esperanza de que fuesen tuyas.

–Pues no –replicó él–. ¿No llevaban tarjeta?

–Sí, pero no estaba firmada.

–¿Son de Hunter?

–Mandarme rosas nunca fue su estilo.

–Las cosas cambian –comentó Kyle–. ¿Lo has llamado para preguntárselo?

–No.

Melody había dejado la tarjeta encima de la mesa, junto al jarrón. Kyle la tomó y leyó el mensaje.

–¿Me siento agradecido por tenerte? ¿Qué significa eso? –preguntó con el ceño fruncido.

–Es el día de Acción de gracias. Alguien ha debido de pensar que era un buen mensaje para la ocasión.

–¿Alguien?

–No sé quién me ha mandado las flores –replicó Melody, deseando zanjar el tema.

Necesitaba contarle a Kyle que estaba embarazada, pero había perdido el control de la conversación.

–¿Estás segura? –inquirió él, volviendo a leer la tarjeta–. No parece un mensaje escrito por un extraño. ¿Has preguntado a Trent o a Savannah si han sido ellos?

–Sí, no son suyas.

–Las rosas rojas son un detalle romántico –murmuró Kyle para sí–. Es el típico detalle de un hombre enamorado.

Motivo por el que Melody había deseado que fuesen de Kyle. Porque, a pesar de que habían estado juntos durante nueve meses y de que ella se había mudado a su casa, él nunca le había dicho que la quería. Siempre había sido bastante frío con las mujeres, decidiendo cuándo empezaba o terminaba una relación.

Aquello la había hecho dudar antes de elegirlo en vez de a Hunter. Le había preocupado salir de una relación en la que no se había sentido segura para meterse en otra parecida. No obstante, había decidido seguir su instinto e intentarlo. Y todavía no sabía si se había equivocado o no.

–¿Por qué no has llamado a Hunter para preguntarle? –insistió Kyle, observándola con el ceño fruncido.

Durante los últimos cinco meses, Melody se había arrepentido muchas veces de haber pasado aquella velada con Hunter en un club de Nueva York. No había pasado nada entre los dos, pero los habían fotografiado juntos y habían empezado las especulaciones.

–¿Te importaría olvidarte de Hunter por un momento? –le pidió–. Tengo algo que contarte.

Él la miró fijamente a los ojos y Melody soltó el aire que había estado conteniendo en el pecho y empezó:

–Ya te he dicho antes que las cosas eran complicadas.

Kyle siguió con gesto inmutable. No era un hombre emotivo, nunca mostraba sus cartas, pero había llegado el momento y Melody tenía que ser valiente.

–Estoy embarazada.

De repente, la expresión de Kyle cambió, parecía desconcertado.

–¿Embarazada?

–Sí. Sé que no te lo esperabas…

No lo habían planeado. Nunca habían hablado del tema. No habían hablado de casarse ni del futuro, habían decidido disfrutar del día a día.

–Vas a tener un bebé –balbució Kyle, mirando a su alrededor antes de ponerse rígido–. ¿Y quién es el padre?

Melody sacudió la cabeza y retrocedió un paso.

–¿Qué quieres decir?

Kyle señaló hacia el ramo de rosas rojas, como si aquello lo explicase todo.

–¿Sabes quién es el padre?

Capítulo Dos

Ante aquella pregunta, Melody parpadeó rápidamente varias veces y después lo miró a los ojos. Y fue entonces cuando Kyle se dio cuenta del enorme error que acababa de cometer. Se sintió fatal. Lo último que quería era hacerle daño a Melody.

–Quería decir… –empezó.

–El padre eres tú –lo interrumpió ella en tono airado, con decepción y angustia–. ¿Cómo has podido pensar otra cosa?

–Por las flores –respondió él, incapaz de mirarla a los ojos–. Hunter te envió un ramo igual el año pasado, cuando dudabas entre estar conmigo o volver con él.

–Hunter y yo somos amigos. Nada más.

–Tú y yo también éramos solo amigos hasta que empezamos a estar juntos –le recordó Kyle.

Ella lo miró en silencio y respiró hondo.

–No puedo creer que de verdad pienses que he podido engañarte con Hunter, o con cualquier otro –dijo por fin.

Kyle deseó abrazarla, pero había demasiado resentimiento entre los dos.

–No lo pienso.

–Entonces, ¿por qué me has preguntado quién es el padre?

–Ha sido una equivocación –respondió, aunque en el fondo no podía sacarse de la mente la fotografía de Melody y Hunter agarrados de la mano.

–No estoy de acuerdo. Llevas meses buscando una excusa para romper conmigo –lo acusó ella–. Y yo no voy a luchar más por ti. Se ha terminado.

–¿Qué? –preguntó él con incredulidad–. ¿Así, sin más?

–Me acabas de acusar de estar embarazada de otro…

–No de otro cualquiera –le recordó él, arrepintiéndose de aquello nada más decirlo–. De Hunter.

–No puedo seguir con esto –replicó Melody, señalando hacia la puerta–. Vete.

Kyle se sintió aturdido, pero le duró solo un instante.

–¿No se te está olvidando algo? –preguntó, clavando la vista en su vientre–. Estás esperando un hijo mío.

Ella apretó la mandíbula.

–¿Ahora lo tienes claro?

Kyle se dijo que si quería salvar su relación tenía que apartar todas las dudas que lo ofuscaban en aquel momento. Quería a Melody e iban a formar una familia. Ya se la había quitado a Hunter en una ocasión, volvería a hacerlo las veces que fuesen necesarias.

–Sí.

Melody se cruzó de brazos.

–¿Y quieres que me olvide de las cosas horribles que has pensado de mí y que me alegre de que hayas decidido recapacitar?

–He cometido un error.

–Yo diría que varios.

Melody se derrumbó de repente.

–Esto es precisamente lo que no quería que sucediese.

–¿Qué esperabas? –le preguntó él, acercándose con una mano levantada para tocarla.

Pero ella negó con la cabeza y Kyle bajó el brazo.

–No lo sé –admitió, parecía agotada–. Que todo se arreglase de repente, como por arte de magia.

–Hemos estamos separados demasiado tiempo.

–¿Y eso es culpa mía?

–Yo te animé a irte de gira. Y, si tuviese que volver a hacerlo, tomaría la misma decisión –admitió Kyle, que sabía que no quería perderla–. Ha sido lo correcto para tu carrera.

Además, él no se había sentido preparado para tener una relación tan seria, para vivir con una mujer.

–¿De cuánto tiempo estás?

–De doce semanas.

Kyle calculó la última vez que habían estado juntos. Había sido un fin de semana complicado.

–¿Y desde cuándo lo sabes?

–Desde que volví de Sídney.

–Seis semanas –calculó él en tono decepcionado.

¿Por qué había tardado tanto en darle una noticia tan importante? ¿Habría tenido miedo a su reacción? En realidad, no le faltaban motivos.

–No hagas eso –lo reprendió Melody.

–¿El qué?

–No me hagas sentir culpable por no haberte contado de inmediato que toda tu vida iba a cambiar.

Era evidente que a Melody le había preocupado su reacción. Y tenía razón, no la había abrazado, emocionado, nada más escuchar la noticia.

–Lo siento.

–No pasa nada. Ambos nos sentimos abrumados con la noticia. Al menos tenemos seis meses para ir haciéndonos a la idea de que vamos a ser padres.

–¿Has pensado ya lo que vas a hacer? –le preguntó él.

–¿A qué te refieres?

–¿Dónde vas a vivir? ¿Vas a quedarte aquí?

–¿En Las Vegas? –preguntó ella–. No lo sé. Nate está aquí. Y Mia. Y Trent, Savannah y Dylan volverán en cuanto esta termine de rodar la película.

–No parece que tengas planeado volver a Los Ángeles.

Ni con él. Su casa estaba en Los Ángeles, aunque en esos momentos había alquilado una casa a las afueras de Las Vegas en la que había pensado quedarse unos meses. Se había ofrecido a gestionar temporalmente el Club T por dos motivos: para estar más cerca de Melody cuando terminase su disco y para que Trent pudiese estar en Los Ángeles, cuidando de su hijo, mientras Savannah trabajaba allí.

–Aquí siento que tengo muchos apoyos.

Era evidente que no contaba mucho con él.

–Trent y Savannah están en Los Ángeles.

–Pero volverán pronto. Y tú también estás aquí.

Aquella última frase lo relajó.

–Entonces, quieres que esté cerca de ti.

–Por supuesto. Quiero que formemos una familia.

A Kyle le gustaba la idea, pero no podía dejar de mirar el ramo de rosas rojas con disimulo por el rabillo del ojo.

–¿Piensas que es posible? ¿Podremos volver a estar como estábamos antes de que me marchase de gira? –le preguntó Melody.

–No estoy seguro –admitió él–. Lo siento, todo esto ha sido una sorpresa. Nunca imaginé que sería padre.

–Es cierto que no hemos hablado nunca de ello. A mí también me preocupaba, sabiendo cómo te llevabas con tu padre.

–Cómo no me llevaba, querrás decir.

Melody se encogió de hombros.

–Tú no eres él. Vas a ser un padre estupendo.

Kyle necesitaba tiempo para asimilar todo aquello, pero Melody lo estaba mirando fijamente, como si necesitase que todo se arreglase en ese momento. Y él no sabía por dónde empezar.

El comentario de Melody acerca de su padre le hizo pensar en este. Siempre había sido muy duro con él, pero también era un hombre de negocios al que Kyle admiraba.

–Y tú vas a ser una madre estupenda.

–Eso espero. Aunque habría preferido esperar un poco.

–Ya no hay vuelta atrás. ¿Qué necesitas de mí? –preguntó, pero antes de que Melody respondiese, añadió–: No, no digas nada.

La había visto fruncir el ceño y había sabido lo que estaba pensando. Melody había crecido viendo discutir a su padre y a su hermano y, dependiendo de la situación, se había alejado o había intentado mediar entre ambos.

–Mañana tengo cita con el médico –comentó.

–¿A qué hora?

–A las tres.

Kyle se sintió entusiasmado de repente. Melody estaba embarazada de él. No era el mejor momento, ni era algo planeado, pero nunca había visto a su amigo Trent tan feliz como desde que tenía a Dylan.

–¿Dónde quieres que te recoja?

–No hace falta que vengas.

–No pienso perdérmelo.

Trent y Savannah habían superado obstáculos más grandes, así que ellos también podrían hacerlo. Salvo que Melody ya no lo amase. Tal vez no lo había engañado con Hunter, pero él la había tratado como si lo hubiese hecho.

Había quebrado la confianza que Melody tenía en él al acusarla sin motivos. Esa misma mañana había pensado que estaba dispuesto a perdonarla, cuando en realidad era ella la que lo tenía que perdonar.

–Gracias –respondió esta, pero no se lo dijo de corazón, sino como si tuviese la cabeza en otra parte–. Te agradezco que quieras formar parte de esto.

–Voy a ayudarte todo lo que pueda.

Melody se sentó en el pequeño vestíbulo del estudio de grabación Ugly Trout Records y miró por la ventana hacia el aparcamiento. Había mirado la hora en su teléfono cinco veces en los últimos diez minutos. Si pasaban tres minutos más, Kyle llegaría oficialmente tarde. Ella llevaba desde la noche anterior arrepintiéndose de haber aceptado su ofrecimiento de llevarla al médico. La puntualidad no era una de sus virtudes, todo lo contrario que Hunter. Nunca la había hecho esperar ni la había dejado plantada.

Entonces, ¿por qué estaba tan nerviosa? Se secó las manos sudorosas en los pantalones vaqueros y dio gracias de que fuesen elásticos. Había perdido peso a causa de las náuseas matutinas, pero su vientre había comenzado a redondearse la semana anterior.

Aquel cambio en su cuerpo, más que el test de embarazo, las náuseas y el cansancio, le había hecho darse cuenta de que tenía un bebé en su interior. Empezó a sudar. La mayoría de los días la idea de estar embarazada la hacía sentirse feliz. Aunque no fuese el mejor momento. Estaba a punto de sacar su primer disco y el estrés no era bueno ni para ella ni para el bebé, pero después de haberle dado la noticia a Kyle ya no podía pensar solo en sí misma y en el bebé.

–Eh, Melody, ¿qué haces aquí?

Se giró y vio a Craig Jameson, el ingeniero de sonido con el que más había trabajado y que solía entenderla muy bien.

Habían pasado muchas horas juntos en el estudio de grabación, charlando de música y de la industria.

–Estoy esperando a Kyle, que va a venir a recogerme –le respondió.

–Ya se ha pasado la hora de la comida.

–En realidad, vamos al médico.

No había querido contarle a nadie que estaba embarazada hasta que no lo supiese Kyle, pero ya no tenía ningún motivo para seguir guardando el secreto.

–¿Estás bien? –le preguntó Craig con preocupación.

–Sí. Estupendamente –respondió ella, obligándose a sonreír–. Estoy embarazada.

–Qué buena noticia. Entonces, ¿estás mejor con Kyle?

Unos días antes, Craig le había contado que había roto con la que había sido su novia un año, y Melody no había dudado en consolarlo. Era un buen tipo que, en esos momentos, había necesitado un hombro en el que llorar.

–Estamos en ello –le respondió.

–Sería un tonto si te dejase marchar.

–Gracias, Craig –respondió ella, notando que los ojos se le llenaban de lágrimas.

Estaba muy sensible, debían de ser las hormonas, que la estaban volviendo loca.

–Ahí está Kyle. Volveré más o menos dentro de una hora. ¿Tendrás tiempo para mí? Nate quiere que terminemos mi disco.

–Será un placer ayudarte.

–Ya me dirás a qué hora estás libre.

Melody fue hacia la puerta y allí miró por encima del hombro a Craig y añadió:

–Gracias.

–¿Por qué?

–Por todo.

Y salió a la luz del sol.

Kyle había aparcado y se dirigía a la puerta, andaba con paso decidido y parecía animado. Se había puesto unos pantalones de color caqui, camisa blanca y jersey de pico azul marino encima. Llevaba el pelo, moreno y grueso, despeinado, un estilo que encantaba a Melody. Parecía un modelo.

Lo vio sonreír y se sintió más tranquila. Por un instante, sintió que retrocedía en el tiempo, al día en que se había ido a vivir con él a Los Ángeles. Los tres primeros meses habían sido estupendos. Kyle la había apoyado mucho en su carrera y se había interesado por su manera de escribir música.

Y su fascinación había hecho que Melody saliese de un caparazón en el que se había metido desde el instituto, cuando su padre menospreciaba su talento.

—¿Estás preparada? —le preguntó Kyle.

Alargó los brazos hacia ella y le dio un beso en la mejilla. Melody habría preferido un beso de verdad, pero el gesto de cariño también le gustó.

—Estoy preparada. ¿Y tú?

—Sí —le respondió él mientras abría la puerta del copiloto para ayudarla a entrar.

—Me alegro —dijo Melody, y esperó a que Kyle estuviese sentado frente al volante para añadir—: La ecografía me pone un poco nerviosa.

—¿Por qué?

—Porque van a comprobar muchas cosas y no sé qué es lo que van a ver. Mirarán que lata el corazón, que el bebé tenga dos piernas y dos brazos, que se esté desarrollando bien…

—¿Y hay algún motivo para pensar que no está todo bien? —preguntó Kyle casi en tono de broma.

Melody pensó que Kyle tenía razón, no tenía motivos para estar nerviosa.

—Claro que no. Supongo que después de la ecografía el embarazo me va a parecer todavía más real.

E iba a tener a Kyle a su lado. Durante las últimas semanas, se había ido preparando mentalmente para ser madre soltera, ni siquiera le había dado a Kyle el beneficio de la duda. Basándose en cómo la había tratado su padre, se había preparado para que Kyle la decepcionase también.

Se dijo que aquello no era justo. Para nadie.

—Ya no hay vuelta atrás —añadió.

Él la miró con curiosidad.

—¿No estás convencida?

—Tú no querías esto.

—¿Y tú?

—¿Me estás preguntado si me he quedado embarazada a propósito? —le preguntó Melody, sin saber qué pensar.

—No, solo estaba reflexionando acerca de tu pregunta.

Aquella respuesta no tranquilizó a Melody. No sabía por qué, pero ver a Kyle tan contento la estaba molestando. Entonces él le apretó los dedos de la mano cariñosamente, y Melody ya no supo si quería discutir con él o ceder y estar bien.

—Si he aprendido algo durante este último año es que es difícil mantener una relación a distancia. Y he pensado mucho en lo que pasaría si decido tomarme mi carrera en serio. Tendría que viajar y es una vida muy dura para todo el mundo.

—¿Te preocupa no poder compaginar tu carrera con un hijo? —preguntó él. La pregunta en realidad era si habría elegido entre su carrera y él—. Yo pienso que puedes con todo —añadió Kyle—. Si tú quieres.

Aquello era lo que la asustaba. ¿Lo quería todo?

Una familia y una carrera. Sus sentimientos por Kyle no habían cambiado, pero todo se había complicado.

—¿Tú quieres que volvamos a intentarlo? —le preguntó. Tenía el corazón acelerado.

—Yo pienso que debemos hacerlo, ¿y tú?

—Sí.

Su respuesta no pareció complacerlo, así que continuó:

—Dime solo una cosa. ¿Habrías querido que lo arreglásemos de no haber estado embarazada?

—Sí. Si no, siempre habría quedado algo sin resolver entre nosotros.

Kyle esperó unos segundos antes de contestar a aquello.

—De acuerdo, pero quiero que sepas que yo quería que volvieses conmigo antes de saber que estabas embarazada.

—¿Aunque no confiases en mí?

—Me equivoqué al pensar que habías estado con Hunter.

Melody supo que a Kyle le había costado un gran esfuerzo admitir aquello, pero no era suficiente.

—Y, no obstante, anoche todavía dudabas acerca de quién era el padre del bebé.

Capítulo Tres

Kyle supo que merecía aquel comentario sarcástico y no se enfadó.

–Fue por las rosas y esa tarjeta tan rara.

–Es extraño, sí, pero seguro que fue un error de la florista, a la que se le olvidó poner el nombre del remitente. Podrían ser de cualquiera.

–¿No te resulta extraño que alguien te mande una docena de rosas rojas?

–Bueno, un poco, pero me parece un gesto bonito.

Tal vez Melody no lo tuviese claro, pero Kyle estaba seguro de que las rosas eran de Hunter.

–¿Nos podemos olvidar ya de las flores? –le preguntó ella–. Quiero centrarme en la consulta con el médico. Me alegro mucho de que vengas conmigo.

–Yo también –respondió él, pero seguía habiendo tensión en su voz.

–Puedes girar aquí a la derecha –le indicó ella.

–¿Ya has estado antes?

–Un par de veces.

–Entonces, ¿tienes pensado dar a luz en Las Vegas?

Melody separó los labios, pero no habló. Se mordió el labio inferior.

–Tiene sentido.

–Pero tu vida está en Los Ángeles. Conmigo.

O así había sido antes de que se marchase de gira.

–En realidad no hemos vivido juntos en los últimos nueve meses.

–Cuando te animé a irte de gira, pensé que volverías. Todas tus cosas siguen en mi casa.

–Necesito algo más de tiempo.

–¿Cuánto?

–No lo sé.

–No me gusta la incertidumbre –admitió Kyle mientras aparcaba.

–En ese caso, tal vez deberíamos romper.

Él no había esperado aquella respuesta.

–¿Por qué dices eso?

–Porque ya no sé qué hay entre nosotros. No somos novios ni vivimos juntos. Ni siquiera sé si seguimos siendo amigos.

–Mis sentimientos por ti no han cambiado –respondió él, aturdido.

–Eso no puede ser –objetó Melody mientras bajaba del coche.

Casi estaba entrando en el edificio cuando Kyle llegó a su lado, corriendo.

–De acuerdo, tal vez no estemos igual que cuando te marchaste de gira, pero eso no significa que lo nuestro se haya terminado. Yo te quiero en mi vida. Y quiero estar con el bebé. ¿Cómo ves tú el futuro?

–Sinceramente, unas veces pienso que quiero que seamos una familia feliz y otras que es mejor que críe al bebé yo sola.

–Eso no va a ocurrir.

Kyle no había crecido con su padre y estaba decidido a ser un buen padre para su hijo.

–Me duele pensar en lo mucho que te amo y no saber si tú sientes lo mismo por mí.

Se detuvieron delante del ascensor y Melody lo miró fijamente a los ojos.

–Me da miedo que me rompas el corazón.

Kyle deseó poder asegurarle que jamás le haría daño, pero ya se lo había hecho al pensar que le había sido infiel con Hunter. Y también la noche anterior, al dudar de que el niño fuese suyo. No sabía por qué, pero no era capaz de tener fe en su relación.

Era algo que no sabía hacer.

Sus padres no le habían dado las herramientas necesarias para tener una pareja estable. Su padre había sido un hombre muy frío y su madre, una mujer débil y temerosa, que casi lo había querido demasiado. Y Kyle había aprendido muy pronto a ocultar sus sentimientos.

Sus compañeros de clase le llamaban el Hombre de Hielo, pero en realidad él no era así. Por tranquilo que pareciese siempre, también tenía dudas, anhelos y sufría decepciones.

Aunque gracias a las enseñanzas de su padre su primera reacción siempre era ponerse las gafas de sol y sonreír, se sintiese como se sintiese.

–Yo no quiero hacerte daño –respondió de todo corazón, aunque sabía que no siempre se comportaba como Melody necesitaba que lo hiciese.

Ni siquiera era capaz de decirle el miedo que tenía a perderla.

Mientras Melody hablaba con la recepcionista,

Kyle miró a su alrededor y solo vio mujeres embarazadas. Aquello era real. Iba a ser padre. Tenía que cuidar de la madre de su hijo. No tenía elección.

—Pienso que deberíamos casarnos —le dijo a Melody en cuanto estuvieron sentados.

Esta abrió mucho los ojos.

—Es una broma, ¿no?

—En absoluto. Tiene sentido. Yo no quiero ser un padre a tiempo parcial, y estamos muy bien juntos.

—¿Que estamos bien juntos? —repitió Melody, mirándolo como si se hubiese vuelto loco—. Llevamos varios meses casi sin hablar. A ninguno de los dos se nos da bien expresar nuestros sentimientos.

Melody miró a las demás mujeres embarazadas y añadió:

—No pienso que estemos preparados para el matrimonio.

A pesar de que la respuesta le hizo sentir frustración, Kyle se dijo que encontraría la manera de arreglar la situación.

—Pues trabajaremos en la comunicación —respondió.

—¿Cómo?

—Iremos a terapia de pareja. A que nos enseñen a expresarnos de una manera positiva.

—No sé.

—Mira, es cierto que hemos pasado por una época complicada, pero yo pienso que ninguno de los dos quiere terminar con la relación —insistió Kyle, a pesar de que diez minutos antes Melody había dicho que quería romper con él.

—Estoy de acuerdo en que deberíamos esforzarnos en ser amigos otra vez, por el bien del bebé –admitió ella–, pero casarnos es dar un paso mucho más importante.

–Bueno, pues dejémoslo por el momento.

Aunque después de haberlo sugerido, Kyle estaba convencido de que era lo mejor.

–Cenaremos juntos hoy y hablaremos del tema.

–Hoy no puedo. Tengo trabajo. Nate me ha dado hasta el cinco de diciembre para terminar el disco.

–Estupendo, pero llevas un año trabajando en él. Sé que eres muy perfeccionista, pero en algún momento lo tendrás que acabar.

Kyle sabía que la música era muy importante para ella, pero quería que fijase toda su atención en su relación. Tenía que haber un modo de compaginar carrera y vida personal.

–Soy consciente, pero es mi primer disco y quiero que quede lo mejor posible.

Él la comprendía.

–Pero no sabrás si es realmente bueno hasta que no lo estrenes.

–O si es malísimo –respondió ella riendo.

–No hables como tu padre. Si realmente hubiese sabido reconocer el talento, su discográfica no se habría hundido.

–Tienes razón, pero me dijo tantas veces que continuase con el violín porque no tenía talento para escribir ni para cantar, que no me lo puedo sacar de la cabeza.

–Le has demostrado que estaba equivocado muchas veces –le recordó él–. Este disco va a ser estupendo. Ya lo verás.

–Tú siempre me has apoyado, y te lo agradezco.

Lo miró con cariño y Kyle sintió que no podía respirar. La echaba de menos.

–¿Melody? –llamó una mujer rubia que acababa de aparecer en la puerta.

Ella se levantó de un saltó y miró a Kyle con preocupación.

–¿Estás preparado?

Él esbozó la mejor de sus sonrisas y la agarró del brazo.

–Lo estoy.

Siguieron a la enfermera hasta la consulta. Kyle se sentó junto a Melody y observó cómo le tomaban la tensión y le hacían preguntas rutinarias.

Entonces se preguntó cómo había podido pedirle así que se casase con él, sin haberlo planeado antes, sin haber preparado nada especial.

Lo cierto era que lo había hecho sin pensarlo, solo porque le había parecido lo más práctico, y a Melody se le habían llenado los ojos de lágrimas por un instante, lágrimas de decepción.

–Tienes la tensión un poco alta –comentó la enfermera.

–Es que estoy nerviosa por la ecografía –mintió.

En realidad, estaba disgustada por la conversación que había mantenido con Kyle.

No le había dicho que la amaba, pero Melody sabía que se había comprometido con ella y con el bebé, aunque aquello no significase que pudiesen ser felices juntos.

–Es posible, pero la comprobaré otra vez antes de que te marches.

La enfermera le indicó que se pusiese la bata para que pudiesen hacerle la ecografía y se marchó.

–Cierra los ojos –le pidió Melody a Kyle antes de empezar a desabrocharse la camisa.

Él sonrió de medio lado.

–Ya te he visto desnuda antes –comentó.

–Cierra los ojos –repitió ella, sintiendo una punzada de deseo al verlo sonreír.

Kyle cerró los ojos, pero su sonrisa no menguó. Melody estudió su rostro y sintió ganas de llorar, pero se dijo que tenía que cambiarse.

–Ya está –anunció mientras se sentaba en la camilla.

–¿Qué te parece el nombre de Amelia si es niña? –preguntó Kyle–. ¿Y Austin si es niño?

Melody no pudo evitar sonreír.

–¿Ya has estado pensando nombres?

–Esta noche no he dormido bien –respondió él, sacando su teléfono–. También me gustan Aubrey y Addison.

–¿Y alguno que no empiece por A?

Él consultó una lista en su teléfono y añadió:

–¿Y Colton para un niño?

A Melody se hizo un nudo en la garganta. Lo maldijo por haberla enfadado tanto al pedirle que se casara con ella de manera tan poco romántica y después mostrarse tan dulce con aquella demostración de lo emocionado que estaba con la idea de ser padre. Antes de que le diese tiempo a responder, se abrió la puerta y apareció la doctora.

–¿Cómo se encuentra hoy? –preguntó la doctora Evans, mirando después a Kyle–. ¿Y usted es…?

–Kyle Tailor, el padre.

La doctora Sara Evans asintió antes de ponerse a trabajar.

Melody se sintió más tranquila nada más verla, le caía bien.

–Te voy a poner un poco de gel aquí –anunció la ginecóloga, extendiendo el gel por el vientre de Melody, que se estremeció–. Está un poco frío, pero en un momento se te habrá olvidado.

Melody bajó la vista a su tripa y después miró a Kyle, que tenía la vista clavada en un monitor cercano, donde poco a poco fue apareciendo la imagen de su bebé. Cabeza, brazos, piernas. Una personita que crecía en su interior.

Mientras tanto, la doctora fue hablando acerca del desarrollo del feto. Y en un momento dado preguntó:

–¿Quieren saber el sexo?

–¿Se puede? –preguntó Kyle antes de que a Melody le diese tiempo a abrir la boca. La miró a los ojos–. ¿Quieres saberlo?

–Supongo que sí –respondió ella, que ni siquiera había pensado en el tema–. Por supuesto.

Así sería más fácil ir haciendo planes, preparar la habitación y comprar ropa. Aunque entonces tendría que decidir dónde iba a vivir, si iba a volver a Los Ángeles con Kyle. Además, cuando su hermano Trent volviese a Las Vegas tendría que marcharse de su casa.

–Pues parece que van a tener una niña –anunció la doctora Evans sonriente–. Enhorabuena.

–¿Está segura? –le preguntó Melody aturdida.

La doctora asintió.

–No tengo la menor duda.

–Entonces, se parecerá a su padre –murmuró Melody.

Estaba mareada. Miró a Kyle para ver su reacción, pensó que tal vez se sentiría decepcionado, pero se dio cuenta de que parecía encantado con la idea.

Esperó a que la doctora hubiese salido de la consulta para preguntarle:

–¿Te parece bien que sea una niña?

–Por supuesto –respondió él, parpadeando varias veces como si no la viese bien–. ¿Por qué no iba a parecerme bien?

–Porque eres un hombre y te encanta el béisbol. Seguro que te has levantado esta mañana pensando en comprar un guante y una pelota.

–La verdad es que lo que he pensado esta mañana ha sido que mi cama estaba muy vacía sin ti.

Melody no había esperado aquella respuesta y no supo cómo reaccionar. Se sentó y apoyó los pies en el suelo.

–Cierra los ojos para que me vista.

Kyle apoyó las manos en la camilla y se inclinó hacia delante para mirarla a los ojos.

–Vamos a tener una hija.

Ella le tocó una mejilla.

–Sí.

Kyle sonrió y ella lo imitó. Lo tenía tan cerca que solo tenía que inclinarse hacia delante unos centímetros para que sus labios se tocasen. Él le agarró una mano y a Melody se le aceleró el corazón. Le habría sido muy fácil olvidarse de lo dolida que se había sentido durante los últimos meses. Con semejante pasión y deseo, podrían empezar de cero. En vez de volver al estudio de grabación a trabajar, podía irse con él a casa y pasarse la tarde haciendo el amor. Se le erizó el vello solo de pensarlo.

Tomó aire e hizo acopio de valor para proponérselo, pero entonces le sonó el teléfono a Kyle, quien se lo sacó del bolsillo y miró la pantalla.

–Llaman del club. Tengo que responder. ¿Te parece bien si te espero en la entrada?

–Sí –respondió ella, suspirando mientras lo veía salir de la habitación.

Se dijo que era lo mejor. En cierto modo estaban metidos en aquel lío por haberse precipitado antes de saber si eran compatibles o no. Se había ido a vivir con él demasiado pronto.

¿Y por qué? Por miedo a hacerle preguntas que pudiesen apartarlo de ella. En esos momentos se dio cuenta de que había sido un error. Tenía que asegurarse de que Kyle la amaba para poder seguir adelante con su relación.

Capítulo Cuatro

Kyle se dio cuenta de que iba sonriendo mientras conducía por Las Vegas de vuelta a Ugly Trout Records. Se había pasado la tarde flotando de felicidad con la noticia de que iban a tener una niña. Pasada la sorpresa inicial de que iba a ser padre, tenía la sensación de que todos los problemas de su relación con Melody se debían a una serie de malentendidos que podrían solucionar con un poco de esfuerzo. Iban a ser padres. Su hija merecía crecer en un ambiente seguro, lleno de amor, y él iba a dárselo, costase lo que costase.

Por eso había decidido empezar llevándole a Melody la cena al estudio de grabación, para que viese que quería cuidar de ella. Llevaba en una bolsa comida que sabía que le encantaba a Melody. Habría sido más sencillo en Los Ángeles, donde la habría llevado al restaurante italiano Mama Rosa, pero lo que había encontrado allí tampoco estaba mal.

Había descubierto un lugar en el que hacían unas tartas de queso deliciosas y había comprado varios trozos. Melody había perdido peso en los últimos meses y eso no podía ser bueno para el bebé.

Desde que había visto la imagen de su hija, rebosaba optimismo. Iba a ser padre. No tenía ni idea de cómo, pero podría aprender. Al fin y al cabo, había visto cómo lo hacía Trent con Dylan.

Trent, que siempre había jurado que no se casaría ni tendría hijos. Su mejor amigo había tenido un padre que no le servía de ejemplo. Siggy Caldwell había sido un tirano despiadado tanto en los negocios como en su vida personal. Siempre había demostrado que su hijo favorito era el mayor, y había menospreciado a Melody y a Trent.

Y, no obstante, ambos eran personas cariñosas y buenas. Trent había necesitado convertirse en padre y admitir que estaba enamorado de Savannah para sacar su verdadero yo.

Melody, por su parte, nunca había sido tan desconfiada como su hermano. Solía meterse en relaciones sin pensar en su autoestima. Así había sido con Hunter, al que siempre había disculpado cuando la trataba mal. No obstante, con él había reaccionado de otra manera.

En vez de reírse de sus falsas acusaciones, se había puesto furiosa. Kyle no recordaba haberla visto discutir nunca con Hunter. ¿Sería porque había amado al pinchadiscos más que a él? Si era así, ¿por qué lo había escogido a él?

Llegó al aparcamiento deseando observar la cara que ponía Melody al ver que le llevaba la cena. Le encantaban los detalles espontáneos.

Aparcó delante de la puerta y salió del coche. Eran casi las seis y el aparcamiento estaba medio vacío. Nate tenía el estudio abierto veinticuatro horas al día y lo alquilaba más barato durante las horas que tenían menos demanda. Melody aprovechaba la tranquilidad de las tardes para trabajar en su disco.

Kyle estaba delante de las puertas de cristal cuando vio a dos personas avanzando por el vestíbulo. Se le encogió el corazón al reconocer a Hunter y a Melody. Iban charlando animadamente y todavía no lo habían visto. Él empujó la puerta de cristal con más fuerza de la necesaria.

–Kyle –dijo Melody, mirándolo con sorpresa–. ¿Qué haces aquí?

Él levantó la bolsa que llevaba en la mano.

–Te he traído la cena. Pensé que estarías trabajando.

Miró a Hunter, parecía tranquilo y eso molestó a Kyle todavía más. ¿Adónde iba Melody con él?

–Ah… qué detalle –comentó Melody mirando a Hunter–. Precisamente íbamos a salir a tomar algo.

–Pues ahora ya no hace falta –dijo Kyle, obligándose a sonreír–. Te he traído todo lo que te gusta. He pensado que podrías enseñarme tu trabajo mientras cenábamos.

Vio dudar a Melody y se le hizo un nudo en el estómago. No quería discutir. Sobre todo, después de haber estado en el ginecólogo y haberse sentido más cerca de ella que en mucho tiempo. No quería estropear aquello.

–¿No te importa? –le preguntó Melody a Hunter.

–No, no me importa –respondió Hunter sonriendo con malicia–. Pasadlo bien. Hasta luego.

Kyle agarró a Melody del codo y fueron hacia donde estaban los estudios de grabación, pero la vio mirar hacia Hunter por encima del hombro e intentó no enfadarse.

–¿Estáis trabajando en algo juntos? –preguntó.

–No. Estaba trabajando con Craig cuando ha venido Hunter para ver si quería ir a cenar con él. Ni siquiera me había dado cuenta de que tenía hambre hasta que me ha propuesto tomar una hamburguesa.

Entraron en una de las salas, Melody sacó un par de botellas de agua de una nevera pequeña y observó a Kyle mientras sacaba la comida de la bolsa y la dejaba en la mesita de café.

–He traído pasta, ensalada y, de postre, tarta de queso.

Melody no parecía demasiado emocionada con su elección.

–No sabía que ahora comieses carne roja –añadió él, preguntándose qué más ignoraba de ella.

–Supongo que es el embarazo. Me apetecen cosas muy extrañas. Y hay otras que no puedo ni oler.

–Espero que los champiñones no sean una de ellas, porque la pasta lleva una salsa de champiñones.

–No, los champiñones están bien, lo que no soporto es el olor de la mantequilla de cacahuete.

Destapó el envase con la pasta y empezó a comer.

–Pero si te encantaba.

–Y espero que vuelva a gustarme cuando nazca el bebé –respondió ella–. Mientras tanto, no quiero ni verla.

Abrió mucho los ojos al ver el postre.

–¿Es tarta de queso?

Kyle asintió.

–Te he traído varios tipos, para que elijas. O puedes comértelos todos.

–No tenías que haberte molestado.

–Cuidar de ti no es ninguna molestia. Ahora mismo el bebé y tú sois mi prioridad.

–Eso suena muy bien –admitió Melody con lágrimas en los ojos, echándose a reír–. Últimamente todo me hace llorar.

–Espero que no todo.

–En especial, cuando alguien se porta bien conmigo.

–En ese caso, debes de estar llorando mucho, porque eres una persona que despierta buenos sentimientos.

–Qué bonito –dijo Melody, dejando de comer.

–Es la verdad.

–¿A qué hora vas a ir al club?

–Sobre las nueve –le respondió Kyle–. ¿Hasta qué hora te vas a quedar tú aquí? Pareces cansada.

Melody bostezó.

–Un par de horas más. Hunter se ha ofrecido a ayudarme con una de las canciones.

–¿Y te parece buena idea trabajar con él? –preguntó Kyle sin pensarlo.

–¿Por qué me preguntas eso?

–Porque todavía siente algo por ti. Si no, no estaría trabajando en el Club T ni se ofrecería a venir a ayudarte.

–Ha aceptado el trabajo porque Trent le ha ofrecido mucho dinero –replicó ella con lo ojos brillantes–. Y aquí también viene a trabajar.

–Podría estar en Los Ángeles –contestó Kyle–. Estoy seguro de que allí estaría mejor.

–A Hunter le gusta el ambiente de este estudio. Y ya sabes lo estupendo que es trabajar con Nate. Estoy seguro de que Hunter tiene la esperanza de poder colaborar con él.

Kyle clavó la vista en su comida y se dio cuenta de que había perdido el apetito.

–Tienes que superar esa hostilidad hacia Hunter –le dijo Melody.

–La superaré cuando me convenzas de que no quiere volver contigo.

–No quiere volver conmigo. De hecho, está saliendo con Ivy Bliss.

–Pensé que solo producía su nuevo disco.

–Pues al parecer también tienen una relación personal. Así que no tienes motivos para preocuparte.

Kyle asintió. No quería disgustar más a Melody. Lo más inteligente sería encontrar otra manera para hacer que el pinchadiscos se alejase de ella.

–Solo quería comentarte otra cosa más –añadió con cautela–. Cuando las cosas empezaron a ir mal, primero con Hunter y después conmigo, ¿por qué luchaste por él, pero te alejaste de mí?

Melody no supo qué responder. Kyle tenía razón, pero no podía explicar los motivos.

–Con Hunter era diferente –empezó, pero vio el gesto de Kyle y se dio cuenta de que no debía comparar ambas relaciones–. Él no me cuidaba. Era yo la que iba siempre detrás.

–Yo nunca te he tratado así. Sabes que quiero tenerte en mi vida.

Ella asintió muy a su pesar. No sabía cómo explicarse. Tal vez fuese que su relación con Kyle le parecía más importante que la que había tenido con Hunter.

–Me hiciste daño.

–¿Cuántas veces te hizo llorar él?

–Muchas.

Los medios de comunicación habían sacado a Hunter con varias mujeres mientras salía con Melody, se había olvidado de llamarla muchas veces, se había olvidado incluso de su cumpleaños.

–Y, no obstante, luchaste por él.

–Entiendo lo que me quieres decir, pero no tengo una explicación.

Kyle apretó los labios con disgusto y aquello la enfadó. No podía explicarle algo que ni ella misma entendía.

–Podríamos llegar al fondo del asunto si fuésemos a terapia.

La idea la dejó inmóvil. No sabía por qué.

–Está bien, pero ¿podríamos esperar a que termine el disco?

–Por supuesto, pero mientras tanto deberíamos hacer algo. Después de salir del ginecólogo he llamado por teléfono a un terapeuta que conozco en Los Ángeles.

–¿Has hablado con alguien de nuestros problemas?

–Relájate. Es una persona que lleva años tratándome.

–¿Vas a un terapeuta? ¿Cómo es que no lo sabía hasta ahora?

–Porque no es algo de lo que me enorgullezca –admitió Kyle.

Ella lo comprendió. No quería mostrarse débil. Quiso decirle que no esperaba que fuese fuerte siempre, pero lo cierto era que cuando se había mostrado inseguro en relación con Hunter ella había reaccionado mal.

Melody apreciaba poder apoyarse en Kyle, la hacía sentirse segura y querida. Y como raramente hablaba de sus problemas o preocupaciones, ella nunca se había parado a pensar que también pudiese necesitar su apoyo.

—¿Por qué no me lo habías contado? —le preguntó, preocupada por si le había fallado—. ¿Es por tu padre?

Su padre le había enseñado a mostrarse siempre fuerte.

—Es la típica cosa que lo habría enfadado muchísimo —admitió Kyle, sonriendo con tristeza—. No sé qué sería peor para él, si tener un problema o admitir que lo tienes. Estoy seguro de que habría preferido que le cortasen una pierna antes de ir a terapia.

—Qué exageración.

—Mi padre es incapaz de mostrar ningún signo de debilidad —admitió él—. Bueno, ahora ya conoces uno de mis oscuros secretos.

—¿Uno? ¿Y cuántos más tienes?

—Tendrás que averiguarlo por ti misma durante los próximos catorce días.

Kyle por fin se había abierto a ella.

—¿Qué quieres decir?

—La doctora Wagner me ha dado un plan para revitalizar nuestra relación en catorce días. Y yo he pensado que podíamos empezar ya.

Melody suspiró. No sabía por qué, pero se resistía a acceder a aquello. Se preguntó si no quería volver con él. Era evidente que Kyle estaba haciendo un gran esfuerzo. ¿Por qué no hacerlo ella también?

–De acuerdo –respondió antes de que le diese tiempo a cambiar de opinión–. Vamos a ello.

–Me alegro.

–¿Por dónde empezamos?

–Aquí está la lista de lo que debemos hacer durante los próximos catorce días. Todo está bastante claro. Parece mucho, pero cuando le he contado a la doctora que tienes mucho trabajo me ha dicho que no hace falta que lo hagamos durante catorce días seguidos.

Antes de empezar a leer, Melody pasó las hojas del documento de siete páginas y sintió que se le encogía el pecho.

–Día uno –leyó–. Elogios y reconocimiento. Escribe treinta cosas que te gusten de tu pareja y compártelas con ella.

Eso lo podía hacer. Kyle tenía cientos de cosas que le gustaban. Tal vez aquello no fuese tan complicado como parecía.

–¿Qué te parece si nos tomamos hasta mañana para hacer las listas y las compartimos por la noche, mientras cenamos? –sugirió Kyle.

Melody estuvo a punto de contestar que no necesitaba tanto tiempo, pero se dijo que tal vez él sí necesitase un día entero para encontrar treinta cosas que apreciase de ella.

–De acuerdo.

Kyle recogió la cena y se marchó y Melody tomó

un cuaderno y empezó a escribir sus treinta cosas favoritas acerca de él. Las diez primeras fueron fáciles: sus ojos, su sonrisa, su increíble cuerpo, sus dedos largos, su voz profunda, sus maravillosos besos, que sabía escuchar, que quisiera mejorar su relación, su ética en el trabajo y que la hubiese apoyado siempre en su carrera musical.

Suspiró y revisó la lista. Y luego fue a por las diez siguientes. Escribió algo más acerca de su estupendo cuerpo, lo mal que cantaba y su risa. Llegó al punto diecisiete y pensó que solo le quedaban trece razones más.

Mordió el bolígrafo. De repente, se había quedado en blanco. Aunque estaba segura de que había muchas cosas más que le gustaban de Kyle. ¿Por qué no le salía ninguna?

En su lugar, solo se le ocurrían defectos: que hablase tanto de béisbol, que trabajase con la televisión encendida, que en ocasiones volviese a casa después de una reunión de trabajo y no quisiese hablar, y que se empeñase en mantener la relación con su familia cuando eso solo le generaba frustración.

La puerta del estudio se abrió y entró Mia. Tenía las mejillas sonrojadas y los ojos brillantes. Era evidente que venía de ver a Nate. Estaban muy enamorados y, por un instante, Melody sintió envidia.

–¿En qué estás trabajando? –le preguntó Mia, sentándose a su lado en el sofá.

–Se supone que debo escribir treinta cosas que me gusten de Kyle –le explicó.

–Qué bueno. Nate y yo deberíamos hacerlo también.

47

–Pero si vosotros sois muy felices juntos. No necesitáis reavivar la llama.

–Yo pienso que todas las parejas deben trabajar en profundizar su relación, independientemente del momento en el que se encuentren.

Melody se quedó pensando en aquello y le dio a Mia el documento de la terapeuta que Kyle le había dejado.

–Día seis –leyó Mia en voz alta–. Sexo. Mímala a ella. Uy, eso suena estupendamente.

A Melody se le hizo un nudo en el estómago. Tres horas antes se habría pasado la tarde en la cama con Kyle, pero en esos momentos la idea no le gustó. No se sentía preparada para compartir tanta intimidad.

Mia continuó leyendo:

–Tu pareja puede pedirte lo que quiera. Estará al mando durante un periodo comprendido entre media hora y tres horas. Si no te importa, me gustaría fotocopiar esto.

–Por supuesto.

Mia se marchó y Melody se quedó pensativa.

Volvió a mirar la lista que tenía que hacer. Añadió un par de peculiaridades más acerca de Kyle y llegó al número veinte. Dio gracias de tener veinticuatro horas más antes de tener que leérsela. Seguro que se le ocurrían las otras diez cosas. Y, si no, tal vez se estuviese engañando al pensar que lo suyo podía funcionar.

Capítulo Cinco

En vez de ir a recogerla al estudio, quedaron en el restaurante Batouri, en Fontaine Ciel. Kyle estaba esperando en la barra cuando llegó ella.

—Bonito lugar —comentó Melody, mirando a su alrededor.

—Pues ya verás cómo está la comida. El chef Croft es un genio de la cocina.

—Me alegro, a ver si se me abre el apetito.

Kyle frunció el ceño.

—¿Has comido hoy?

No le gustaba que perdiese peso. Melody le echaba la culpa a las náuseas matutinas, pero a Kyle también le preocupaba el estrés.

—He desayunado, comido y merendado.

—¿Todo sano?

Ella lo miró con frustración.

—No sé si me gusta o me molesta que te preocupes tanto por mí.

—Te gusta, tanto como yo.

—Ah, ¿sí?

—Cuando me lo propongo, sí. Ven, vamos a nuestra mesa.

Le agarró la mano y se sintió bien. Se sentaron, pidieron la bebida, la camarera les indicó cuáles eran las especialidades de aquella noche y luego desapareció.

Ellos se quedaron charlando acerca del disco de Melody.

–Es una locura, ahora que casi he llegado al final tengo una relación de amor o de odio con cada una de las canciones. Mia piensa que no quiero terminar el disco porque me gusta demasiado el proceso. Y yo no dejo de decirle que estoy deseando acabar.

–Todo eso tiene sentido. ¿Has pensado ya lo que vas a hacer para celebrarlo cuando termines?

–Ni idea. He estado tan ocupada trabajando que no he pensado más allá.

–Necesitas relajarte y descansar –le sugirió Kyle, con la esperanza de que quisiese volver a Los Ángeles con él.

Savannah terminaría su película en un par de semanas y volvería con Trent y Dylan a Las Vegas. Eso significaba que él podría volver a Los Ángeles, a ocuparse de los negocios que tenía allí.

Pero no pensaba marcharse a ninguna parte sin Melody.

–¿Qué te ha parecido nuestro primer ejercicio? –le preguntó Melody mientras la camarera les llevaba su ensalada y un filete para Kyle.

–¿Me estás preguntando si me ha costado encontrar treinta cosas que me gusten de ti?

Lo cierto era que el ejercicio le había resultado muy sencillo.

–Sí.

–En absoluto. Hay cientos de cosas que me gustan de ti.

Melody frunció el ceño.

–¿No estarán todas relacionadas con el sexo?

–Algunas sí. ¿Quieres que saque mi lista ya?

–Por supuesto.

Melody sacó la suya del bolso y dejó la hoja de papel doblada encima de la mesa.

–¿Quién empieza, tú o yo?

–Las señoras primero –respondió Kyle, pero luego añadió: Si quieres, podemos ir cambiando.

–Veamos… –dijo ella, clavando la vista en el papel.

–Empieza por orden. Quiero saber qué es lo primero que has pensado de mí.

Melody se ruborizó, cambió de postura en su silla.

–Tus ojos, que cambian de color de un momento a otro, dependiendo de la luz o de la ropa que lleves puesta. Y me encanta levantar la vista y darme cuenta de que me estás observando desde la otra punta de la habitación.

Kyle decidió que aquél era un estupendo comienzo.

–Tu determinación –dijo a su vez–. Desde que eras una adolescente has escrito música, a pesar de que tu padre ha intentado impedírtelo. Decidiste elegir tu propio camino y has tenido éxito.

Sus palabras la hicieron sonreír y a Kyle le gustó.

–Tu sonrisa –añadió ella después de mirar su hoja un instante–. A veces llegas a casa y sé que has tenido un día duro, pero me miras y sonríes, y es como si acabase de salir el sol.

Kyle se dijo que tenía que sonreír a Melody mucho más.

–Tu talento. Para escribir canciones y cantarlas. No dejas de impresionarme y me gustaría ser capaz de cantar también.

–Eso lo he puesto yo en mi lista –comentó Melody entusiasmada–. Que cantas fatal.

–¿Cómo puede gustarte eso de mí?

–Porque significa que no eres perfecto –respondió ella.

–No soy en absoluto perfecto, y lo sabes.

–Bueno, pero…

Melody se mordió el labio, pensativa. Kyle se preguntó si aquella sería una manera de intentar darle la vuelta a sus defectos. Esperó. La doctora Warner le había advertido que era importante que escuchase todo lo que Melody tuviese que decirle, cosa que no había hecho desde que se había enterado de que había estado con Hunter en Nueva York.

–Eres guapo, sexy, tienes un pelo precioso, unos labios muy apetecibles, unas piernas estupendas. Y todo eso, por no hablar de tus abdominales…

Kyle rio mientras Melody enunciaba sus atributos físicos. Le gustó saber que seguía atrayéndola, aunque no quisiese salvar su relación por medio del sexo.

–Tu voz, cuando hablamos por teléfono, me excita, y en persona… –continuó ella–. Así que me alegra que no sepas cantar, me hace sentir que puedo estar a la altura.

–¿Cuántos puntos de tu lista has leído ya?

Ella bajó la vista al papel.

–Tal vez haya ido un poco deprisa, pero hay muchas cosas más que me gustan de ti. Tu sentido del humor, tu perspicacia para los negocios, que seas tan buen amigo de mi hermano. Su relación con mi padre habría sido mucho más difícil si no te hubiese tenido a ti para hablar.

Hizo una pausa para respirar y él aprovechó para hablar:

—Yo admiro lo bien que has llevado tener a un padre tan difícil como Siggy. Recuerdo lo mal que lo pasaste cuando tu madre te dejó con él después del divorcio.

Melody hizo una mueca.

—Los dos lo hemos pasado mal con nuestras familias.

—Eso nos ha convertido en personas cautas.

—¿Te puedo decir algo sin que te disgustes? —le preguntó Melody.

—Por supuesto —respondió él, dispuesto a no enfadarse, fuese lo que fuese.

—Cuando estaba haciendo la lista, me despisté pensando en lo que no me gustaba de ti.

—Sé que hay cosas que no te gustan de mí —respondió Kyle—. Como el béisbol.

—Es que estás obsesionado —le dijo ella, suspirando aliviada al ver su reacción—. Me ha resultado interesante no poder pensar en cosas positivas sin pensar también en lo negativo.

—Nada es blanco o negro. Y es humano ir a lo negativo en vez de centrarse solo en lo positivo —admitió él.

Le había ocurrido mucho durante el tiempo que habían estado separados.

—Me alegro de que hayamos hecho este ejercicio.

Me ha hecho ver quién eres y el motivo por el que me enamoré de ti –admitió Melody.

–¿Y ya sabes también por qué has querido mantener las distancias conmigo?

–Un poco. Estos últimos meses han sido complicados. La gira ha sido agotadora, tanto física como emocionalmente, y después he estado muy metida en el disco –argumentó, sonriendo un instante–. Y además estoy embarazada, y eso hace que esté más sensible de lo habitual.

Kyle alargó la mano por encima de la mesa y tomó su mano.

–Entonces, ¿consideramos el ejercicio como superado con éxito?

–Eso pienso. Yo estoy contenta con el resultado –admitió Melody, sonriendo ampliamente.

Kyle también lo estaba. Y esperaba que los siguientes trece ejercicios fuesen igual de bien.

Melody bostezó mientras subía la escalera del garaje de casa de Trent y estuvo a punto de caerse. No tenía que haberse quedado hasta tan tarde en el estudio. En realidad, en la última hora y media no había conseguido hacer nada más que pensar en la noche anterior con Kyle.

Después de que la cena hubiese ido tan bien, ninguno de los dos había tenido prisa por terminar la velada, así que se habían dado un paseo de dos horas por el jardín de los hoteles Fontaine Resort. Habían charlado de muchos temas, ella le había hablado de lo mejor de la gira, de cómo había visto enamorarse a Nate y a Mia. También habían comentado lo que sabían acerca de la decisión de Trent de asumir el control de la empresa familiar, West Coast Record. Después Kyle la había acompañado al coche, le había dado un beso en la frente, y Melody se había marchado sintiéndose cansada e insatisfecha.

Traspasó la puerta que daba al jardín y siguió el camino que llevaba a la casa de invitados. Trent se había gastado una fortuna en aquel jardín. Y la semana después de Acción de Gracias había pagado a una empresa para que lo decorase todo con motivos navideños.

Estaba empleando todos los medios, tanto allí como en Los Ángeles, para que su hijo viviese una Navidad inolvidable. Melody no había querido comentar que Dylan solo tenía un año y que no recordaría nada de aquello. No quería disgustar a Trent. Este merecía ser feliz, lo mismo que Savannah. Melody solo podía desearles lo mejor.

Se preguntó si también llegaría un momento en el que Kyle y ella pudiesen mirarse con la adoración con la que se miraban Trent y Savannah. Ella seguía siendo cauta con sus emociones. Quería confiar en Kyle, pero tenía miedo a abrirse y que este la decepcionase. Aquella no era la manera de construir una relación, pero no sabía cómo seguir adelante.

En el porche había una cesta grande, envuelta en celofán. Melody se preguntó cómo habría llegado allí. Kyle tenía llaves de la casa. ¿Se la habría dejado allí para darle una sorpresa? Se acercó y vio que estaba llena de cosas para el bebé y sintió que se le derretía el corazón.

Abrió la puerta y entró con la cesta. La dejó en la mesa del comedor, donde habían estado las rosas hasta la noche de Acción de Gracias, cuando había tenido la discusión con Kyle.

Buscó unas tijeras para cortar el lazo que sujetaba el papel y estudió emocionada la colección de pequeños pañales, biberones, minúsculos calcetines y cuentos. También había un bonito oso de peluche. La ropa era en tonos amarillos y verdes claros, como si la persona que lo hubiese comprado no conociese el sexo del bebé. ¿Significaba eso que el regalo no era de Kyle? Lo normal habría sido que este hubiese escogido los regalos en tonos rosas.

Melody no encontró ninguna tarjeta. Otro regalo anónimo, como las flores. ¿Debía preocuparse? Pensó que tal vez la cesta fuese de Trent y Savannah. Eso era fácil de averiguar. Marcó el número de Savannah.

–¿Qué tal va el rodaje? –le preguntó a su cuñada.

–Bastante bien. No queda mucho para terminar. Ha sido divertido, pero echo de menos actuar.

Savannah había trabajado en Nueva York como modelo y después varios años como actriz de telenovela. Había parado al quedarse embarazada y casarse con su hermano Rafe. De eso habían pasado dos años, un hijo y el fallecimiento de un marido. Después Savannah había aceptado un papel secundario en una película y se había casado con el otro hermano de Melody, Trent.

–Imagino que a mí también me costaría dejar de cantar, ahora que sé lo que es –admitió ella.

–Tal vez no sea necesario. Seguro que Kyle y tú conseguís organizaros.

–Todo va a ser más difícil ahora que voy a tener un bebé. Imagino que, si voy de gira, tendrá que ser durante poco tiempo.

La idea de marcharse de viaje y tener que separar a Kyle de su hija no le gustaba. ¿Y si este le pedía la custodia y era él quien la separaba de su hija? Volvió a pensar en la petición de matrimonio. Kyle la había hecho más por motivos prácticos que por romanticismo, algo poco habitual en él, que siempre había tenido detalles románticos cuando habían sido novios.

Aquella era la razón por la que Melody había pensado que las rosas eran suyas. Deseó que al menos la canastilla del bebé sí lo fuese.

–Hoy ha aparecido algo en la puerta de casa –le dijo Melody a su cuñada–, y me preguntaba si era tuyo y de Trent.

–Mío no, no sé si de Trent. ¿Qué era?

–Una canastilla para el bebé. No hay tarjeta y he pensado…

–Pues ha debido de ser Trent, nadie más sabe que estás embarazada, ¿no?

–Lo he comentado a un par de personas en el estudio –admitió Melody, pensando que tal vez el regalo fuese de Mia.

–Qué detalle. Ahora me siento mal por no habértela mandado yo.

–No seas tonta –respondió Melody, mirando a su alrededor–. Vosotros me habéis ayudado mucho. Estoy en vuestra casa.

–Y sabes que puedes quedarte todo el tiempo que quieras –le dijo Savannah en tono preocupado–. Ahora que Kyle sabe lo del bebé, ¿has pensado en volver a vivir con él? No queremos que te marches, pero sí nos gustaría que volvieseis a estar como antes.

–Hemos hablado de ello –admitió Melody–. De hecho, me ha pedido que me case con él, pero no te emociones, le he dicho que no.

–¿Por qué? Lo amas y vais a tener un bebé.

Porque no estaba segura de ser correspondida.

–Porque me lo ha pedido porque estoy embarazada, sin pensarlo. Antes de enterarse tenía bastante claro que íbamos a romper.

–Yo no tenía esa impresión.

–Dio por hecho que lo estaba engañando solo por una foto –le recordó Melody–. Me conoce desde hace más de diez años. Tenía que haberse dado cuenta de que yo nunca empezaría una relación sin haber terminado con la anterior.

–En realidad, empezaste a tener algo con él antes de terminar con Hunter.

–En realidad nunca pasó nada entre nosotros, ni siquiera nos besamos.

–Yo pienso que te quiere y que no sabe cómo gestionar un sentimiento tan fuerte. Gracias a su padre, Kyle nunca había tenido una relación tan íntima y abierta como contigo.

–Lo sé. Entre sus padres y todas esas mujeres que solo querían su dinero, no sabía en quién podía confiar.

–Pero sabe que puede confiar en ti –le dijo Savannah–. Te tengo que colgar. Dale un beso a Kyle y sé fuerte. Y cuando averigües de quién es la canastilla, cuéntamelo.

Melody colgó y se quedó varios minutos mirando el teléfono antes de marcar el número de Kyle. Tal vez hubiese llegado el momento de dejar de poner excusas para mantener las distancias y averiguar si de verdad tenían futuro juntos.

Capítulo Seis

Pasaron varios días después de la cena en la que habían hablado de lo que les gustaba del otro hasta que encontraron el momento de realizar el segundo ejercicio: un masaje romántico. Kyle llevaba un par de días pensando en que iban a tener que tocarse cuando Melody lo llamó para decirle que se había quedado dormida trabajando y Nate le había sugerido que se marchase a casa.

Así que había ido a casa de Kyle a primera hora de la tarde, antes de que él tuviese que marcharse al club. Al sonar el timbre, Kyle todavía no había decidido en qué parte del cuerpo quería el masaje. Habían estipulado que escogerían cada uno una parte del cuerpo del otro y otra del suyo propio.

–¿Qué es todo eso que has traído? –le preguntó.

–Es un spa para los pies –le dijo ella–. Voy a hacerte la pedicura y un masaje en los pies.

–De acuerdo. ¿Y en qué parte quieres que te dé el masaje yo?

–Todavía no lo he decidido.

–Tal vez deberíamos escribir los nombres de las partes del cuerpo en papeles y meterlos en un sombrero.

Ella sonrió.

–No es mala idea –respondió Melody mientras

entraba en el salón–. ¿Puedes poner agua a hervir? Quiero que el agua esté muy caliente, para que te relajes.

Diez minutos más tarde Melody lo tenía todo preparado, incluso una suave música instrumental. Kyle, que se había ido a poner unos pantalones cortos, metió los pies en el recipiente y disfrutó del agua caliente y las burbujas.

–¿Estás relajado? –le preguntó Melody, añadiendo un aceite en el agua.

–¡Qué bien huele! ¿Qué es?

–Lavanda –respondió ella, tocándole la espinilla derecha–. Vamos a empezar por aquí.

Él sacó el pie del agua y Melody se lo secó antes de apoyárselo en el regazo. Kyle observó cómo trabajaba con las tijeras.

Después de cortarle las uñas, empezó a masajearle los músculos del pie y de la pantorrilla, tenía los dedos fuertes de haber tocado el violín y el piano y sabía dónde debía ejercer exactamente la presión.

–Es increíble –murmuró Kyle, cerrando los ojos–. ¿Dónde has aprendido a hacer esto?

–Durante la gira –le respondió ella–. Cuando salía del escenario tenía los pies destrozados y había un tipo en Free Fall que daba unos masajes de pies increíbles.

–¿Debería ponerme celoso? –preguntó Kyle, a pesar de no estar en absoluto preocupado.

–Estaba felizmente casado y tenía tres hijos. Al parecer, su esposa corre maratones y él ha aprendido a cuidarle los pies.

–Una esposa afortunada –comentó él, mientras pensaba que Melody y él no habían sido la única pareja que había estado separada a causa de la gira.

Tal vez hubiesen sido los menos preparados para enfrentarse a la distancia.

Pensó en preguntarle a Melody cómo hacían los demás para llevar bien la separación, pero se dijo que no era el momento de formular aquella pregunta. En esos momentos solo quería disfrutar del masaje.

–¿Cómo te sientes? –le preguntó Melody veinte minutos después.

–Como si estuviera flotando.

Ella se echó a reír y eso le gustó todavía más que el masaje.

–La próxima vez te haré un masaje facial –le prometió Melody.

–Gracias.

Kyle alargó los brazos para darle un abrazo rápido que se convirtió en algo más cuando Melody lo abrazó por el cuello y lo apretó con fuerza.

–Me encanta que me abraces –empezó él–, pero después de tres meses sin tenerte, me estoy excitando. Y no se nos permite tener sexo hasta el sexto día.

La apretó contra él agarrándola del trasero, para que sintiese su erección.

–¿Estás seguro de que quieres esperar?

Él gimió y Melody se echó a reír. Kyle retrocedió en vez de besarla.

Juró entre dientes y se pasó una mano por el rostro.

–¿Kyle? –le dijo Melody, buscando su mirada con preocupación–. ¿Estás bien?

–Sí. Es solo que paso de cero a cien en un segundo contigo –respondió–. Y te mereces algo mejor.

–No pasa nada porque de vez en cuando nos comportemos como dos adolescentes con las hormonas revolucionadas –le dijo ella.

–Eso era antes de que te quedases embarazada.

Y antes de que él dudase de su fidelidad al verla en una fotografía con Hunter.

–¿Qué tiene que ver mi embarazo con todo lo demás?

Él le señaló el vientre.

–Ahora no estamos los dos solos.

–Kyle, ¿te vas a volver tímido delante de una niña que todavía no ha nacido?

–No se trata de ser tímido, sino de tener cuidado.

–¿Cuidado? –repitió ella en tono divertido–. ¿Y cómo tienes pensado tener cuidado?

Él no supo qué contestar. Al ver que guardaba silencio, Melody hizo un ruido grosero y añadió:

–Las mujeres embarazadas han mantenido sexo desde el origen de los tiempos. He leído que durante el segundo trimestre se acaban las náuseas y las hormonas aumentan el deseo sexual.

–Para, por favor.

–De hecho, muchas mujeres utilizan el sexo para desencadenar el trabajo de parto.

Kyle quería zanjar el tema del sexo, así que preguntó:

–Ahora te toca a ti. ¿Has pensado ya qué quieres que te haga? Si quieres, cambiamos el agua.

Ella negó con la cabeza.

–Me hice la pedicura el otro día. Podrías darme el masaje en los hombros. Estoy muy tensa.

–¿Qué te parece si empiezo por las manos y voy subiendo hacia los hombros?

A Melody le brillaron los ojos.

–Suena muy bien. He traído una crema.

La acomodó en una *chaise longue* y se sentó con ella de espaldas, entre las piernas. Tomó crema y utilizó las mismas técnicas que Melody había empleado con sus pies.

–Qué bien –dijo ella, dejando caer la cabeza sobre su hombro.

Se había quedado en camiseta de tirantes y suspiró contenta mientras Kyle subía por sus brazos con los dedos y le masajeaba los hombros. Le encantaba el modo en que encajaban sus cuerpos.

De repente, sonó el teléfono de Melody y esta se puso tensa de nuevo.

–No respondas –murmuró Kyle, dándole un beso en el cuello–. Este momento es nuestro.

–Tengo que hacerlo –respondió ella, echándose rápidamente hacia delante–. Hay un tema que no consigo terminar.

Miró la pantalla y respondió.

–Hola, gracias por devolverme la llamada. ¿Tendrías un rato más tarde?

Entonces fue Kyle el que se puso tenso. Supo por el lenguaje corporal y por el tono de voz de Melody que el que la había llamado era Hunter.

–De acuerdo, dentro de una hora –añadió ella al teléfono–. Gracias, de verdad.

–Pensé que Nate te había dado el resto del día libre.

–Así es, pero tengo una pequeña oportunidad…

Se puso la camisa y el jersey y empezó a recoger todo lo que había llevado.

Kyle la observó de brazos cruzados.

–Era Hunter, ¿verdad?

–Por favor, no te enfades –le rogó–. Lo hago solo por mi disco.

Él no pudo evitar pensar que no saldría corriendo de aquel modo si no hubiese sido Hunter el que la había llamado.

–¿Por qué no le has pedido ayuda a Nate?

–Ya lo he hecho. Y también he acudido a Mia, pero quiero otra opinión.

Era evidente que Melody se sentía insegura. Aquel disco era su oportunidad para demostrarse a sí misma y demostrarle al mundo que era una compositora y cantante de éxito, pero en el fondo siempre seguiría siendo la adolescente soñadora pisoteada por las brutales palabras de su padre.

–Lo entiendo –dijo Kyle, haciendo un enorme esfuerzo–, pero antes de que te marches, ¿podemos quedar para el miércoles por la noche?

–Perfecto. Nate me ha puesto como plazo para terminar el miércoles a mediodía. A partir de entonces… seré toda tuya –le respondió ella, sonriendo con nerviosismo.

Se abrió la puerta de la sala del estudio de grabación y apareció Nate, que la miró con el ceño fruncido:

–¿No se supone que te habías marchado hace dos horas?

–He estado trabajando en una canción para Ivy Bliss.

Hunter la había llamado a mediodía y le había pedido que realizase algunos cambios en una canción que Ivy Bliss había empezado a grabar antes de comenzar a trabajar con él un mes antes. Al parecer, gracias a Hunter, a Ivy volvía a interesarle aquella canción, pero quería añadir dos estrofas nuevas. Melody se había pasado la tarde trabajando en aquello en vez de dedicarse a su propio disco. Hunter se iba al día siguiente a Los Ángeles a trabajar con Ivy y quería que la canción estuviese terminada.

–Espera. ¿Has dicho hace dos horas? –le preguntó a Nate–. ¿Qué hora es?

–Casi las cuatro. Pensé que habías quedado con Kyle.

–He perdido la noción del tiempo.

Aquel era el tercer día de su plan para reavivar su relación, y se suponía que iban a cenar juntos. Habían quedado en que ella iría a casa de Kyle a las dos, harían la compra y después volverían a casa de Kyle para preparar una cena de cuatro platos. El objetivo del ejercicio consistía en pasar tiempo juntos mientras hacían algo divertido.

–¿Qué canción? –le preguntó Nate, haciendo que Melody volviese al presente.

–La que Mia y tú le sugeristeis. Quiere que cambie un par de cosas.

Nate sacudió la cabeza. Conocía demasiado bien

a la estrella del pop. Además de haber estado de gira con ella, en esos momentos salía con su hermana.

–¿Quieres que le eche un vistazo yo?

Melody se sintió tan aliviada que se le llenaron los ojos de lágrimas.

–Eso sería estupendo. Hunter lo quiere para hoy y no se me ocurre nada.

–Dame tus notas y Mia y yo les echaremos un vistazo. Ahora, márchate con Kyle.

–Gracias.

Melody había dejado el teléfono en el bolso mientras trabajaba, pero fue a por él en cuanto Nate salió de la habitación.

Había llamado a Kyle a las dos para explicarle que tenía que quedarse un rato más en el estudio, pero sin decirle que estaba trabajando para Hunter porque sabía que eso no le iba a gustar.

Como era de esperar, en la última media hora le habían entrado dos llamadas perdidas y varios mensajes de texto. Le había prometido a Kyle que estaría en su casa a las tres, así que debía de estar enfadado. Era una ironía que la impuntualidad hubiese sido una de las cosas que más le habían molestado de Hunter y que en esos momentos ella le estuviese haciendo lo mismo a Kyle.

–Lo siento. He perdido la noción del tiempo –se disculpó en cuanto este respondió al teléfono–. Salgo ahora del estudio.

–Me alegro de oír tu voz y de saber que estás bien –respondió él–. No sé cuánta hambre tienes tú, pero tal vez deberíamos olvidarnos del plan y preparar algo más sencillo.

Melody dejó la canción en manos de Mia y Nate y se dirigió a casa de Kyle. Como había mucho tráfico, tardó media hora en llegar. A las cuatro y media ya no daba tiempo a preparar los tortellini caseros rellenos de carne en los que había pensado.

–¿Qué te parece si cocinamos la pasta con langostinos que hicimos la noche que me trasladé a vivir contigo? –le preguntó, intentando quitar con aquel recuerdo la expresión de decepción del gesto de Kyle.

–Y pan caliente y un delicioso postre –añadió él.

Melody admiró sus esfuerzos por parecer contento.

–Perfecto.

Se subieron al coche de Kyle y fueron a un mercado especializado en quesos y carnes, pan recién hecho y todo tipo de productos interesantes y divertidos. Compraron fideos cabello de ángel, langostinos, limones y ajo, pan, tiramisú y un trozo de tarta de chocolate.

Melody estaba probando una tapenade de aceitunas cuando le sonó el teléfono. Kyle se encontraba a unos pasos de allí, mirando las aceitunas aliñadas, así que Melody decidió mirar quién llamaba. Para su alivio se trataba de Mia, así que respondió.

–Me encantan los cambios que has hecho en la canción –le dijo esta–. Imagino que a Ivy también le gustarán. Nate y yo hemos retocado alguna cosa más. ¿Quieres que te envíe la versión final?

–No, confío en vosotros –respondió ella a pesar de sentir curiosidad–. ¿Te importa mandársela directamente a Hunter?

–Por supuesto. Pasadlo bien.

–¿Quién era?

Mia se giró y se dio cuenta de que tenía a Kyle justo al lado.

–Mia. Me ha dicho que lo pasemos bien –respondió ella con el estómago encogido–. ¿Hemos terminado de comprar?

Un cuarto de hora después, estaban de vuelta en casa de Kyle. Melody puso música clásica, ya que Kyle se resistía a las óperas italianas, y empezaron a limpiar los langostinos. Codo con codo, cortaron la verdura, exprimieron un limón y pusieron el agua a hervir. Mientras se hacía la cena, Kyle puso la mesa y enseguida estaban sentados a ella.

Dado que la casa era de alquiler, Melody no había esperado que contase con el menaje necesario para poner una mesa tan bonita.

–Me encanta –exclamó mientras se sentaba, sintiéndose culpable al darse cuenta de que Kyle se había preparado para la cita mucho más que ella.

–Tú me has enseñado mucho acerca de cómo preparar un ambiente.

Durante los meses que habían vivido juntos, Melody había organizado al menos un par de cenas románticas a la semana. Ambos trabajaban mucho, así que había querido que el tiempo que compartiesen fuese especial.

En ocasiones, se había sentido molesta porque había tenido la sensación de que Kyle no apreciaba sus esfuerzos, pero en esos momentos se dio cuenta de que había estado equivocada.

–¿Está tan bueno como recordabas? –preguntó

Melody mientras se disponía a comer el primer bocado.

Él respondió con un gemido y Melody pensó que tenía que haber añadido a la lista de cosas que le gustaban de él los ruidos que emitía mientras hacían el amor. Suspiró y se centró en su cena. Estaba deseando que llegase el sexto día.

–¿Nos tomamos el postre ya? –preguntó en cuanto hubieron recogido la mesa y fregado los platos.

Había disfrutado mucho de la deliciosa cena y de las anécdotas que Kyle le había contado acerca de algunos clientes del Club T.

–¿El postre? Umm –dijo él, tomando su rostro con las manos y dándole un beso en los labios.

Melody sintió que todo su cuerpo cobraba vida. Kyle siempre había tenido aquel efecto en ella. Se relajó y apretó el cuerpo contra el de él, disfrutó del calor de sus manos y de los recuerdos de otros besos.

Estuvo a punto de gemir con decepción cuando Kyle se apartó, pero este no había terminado. Tomó el lóbulo de su oreja con los dientes y lo mordisqueó suavemente.

–Eso me ha gustado –susurró Melody, aspirando su olor masculino profundamente.

–Y a mí. Sabes mejor que ningún postre –le respondió Kyle, volviendo a besarla en la boca. Y entonces se apartó–. ¿Quieres café?

–¿Café? –repitió ella–. Justo lo que necesito, pasarme toda la noche despierta pensando en este beso.

Kyle sonrió con malicia.

—Tengo descafeinado —le dijo.

—Estupendo —respondió Melody decepcionada—. Prepáralo.

Estaba empezando a servir el tiramisú y la tarta de chocolate cuando empezó a sonar su teléfono una y otra vez. Ambos habían acordado no tocar el teléfono en toda la velada, pero a Melody se le había olvidado apagar el suyo.

—¿Quieres responder? —le preguntó él.

—No —contestó ella, llevando los platos a la mesa—. Seguro que no es importante.

Y consiguió olvidarse del teléfono durante cinco minutos mientras disfrutaba del postre, pero entonces volvió a sonar.

—Lo siento, tenía que haberlo apagado —se disculpó, poniéndose en pie.

Se acercó a hacerlo y vio en la pantalla que se trataba de Hunter.

—¿Quién era? —le preguntó Kyle con estudiada indiferencia.

—Nadie importante —le dijo ella—. Aquella esquina sería perfecta para poner el árbol de Navidad. Deberías comprar uno.

Kyle se puso serio.

—Quería estar de vuelta en Los Ángeles para Navidad.

—Pero… pensé que ibas a pasar la Navidad conmigo.

—Por supuesto —respondió él—. En nuestra casa. En Los Ángeles.

—Tu casa —lo corrigió Melody al instante.

Nunca la había considerado su casa.

71

–Y toda mi familia va a estar aquí.

Se refería a Trent, Savannah y Dylan, Nate y Mia. Aunque los dos últimos no fuesen realmente familia, para Melody eran mucho más que amigos.

–Supongo que eso responde a mi pregunta de dónde vas a querer vivir cuando nazca el bebé.

–No es justo –protestó ella–. Y no quiero discutir esta noche.

–¿Quién te ha llamado por teléfono, Melody? –volvió a preguntarle Kyle en tono más severo.

–Hunter –admitió ella muy a su pesar.

–¿Por qué motivo?

–No lo sé. Antes de venir aquí le he dado una canción a Mia para que la revisase con Nate, se la iban a mandar a Hunter. Supongo que llama para decirme que le ha gustado o que la odia.

Melody intentó tranquilizarse.

–Hunter y yo tenemos una relación profesional. Vas a tener que aceptarlo.

–¿Y si no? –inquirió Kyle.

Melody tenía claro que no iba a darle un ultimátum.

–Estoy muy cansada. Pienso que debería irme.

Se puso en pie, tomó su bolso y fue hacia la puerta. Reinaba el silencio. Se sintió tentada a darse la vuelta y decir algo, pero ¿qué más podía decir? Así que la abrió y salió.

–No te marches –le pidió Kyle–. Siento haberme comportado como un idiota.

Ella se giró y vio dolor en sus ojos.

–Siento haber llegado tarde –le respondió ella a su vez–. Para mí también es importante que solucionemos nuestros problemas No quiero que pienses lo contrario.

—Ahora mismo tienes muchas cosas en las que pensar. Y es una noticia estupenda que Ivy Bliss quiera grabar una de tus canciones —añadió él sonriendo cariñosamente, tomando su mano—. ¿Por qué no vuelves dentro y me lo cuentas todo mientras recojo la cocina?

—Yo te ayudaré.

—No, tú te sentarás y me verás trabajar. Vas a tener que acostumbrarte a que te cuide.

Ella asintió y pensó que Kyle siempre la había cuidado. La cuestión era, ¿qué le había dado ella a cambio?

Capítulo Siete

Después de cómo habían ido las cosas aquella noche, Kyle tardó dos días en volver a ponerse en contacto con Melody. Decidió buscar un territorio neutral para el ejercicio de comunicación del cuarto día y sugirió que se encontrasen en el Club T el lunes por la tarde, ya que el local no abría hasta por la noche.

—No he estado nunca cuando está vacío —comentó Melody—. Me gusta la idea.

—No es un lugar precisamente íntimo —le advirtió él—, pero tiene algunos recovecos.

—Hace un día precioso —dijo Melody sonriendo. Habían subido las temperaturas—. He pensado que podíamos sentarnos junto a la piscina.

—Como quieras, pero antes iré a buscar algo de beber.

Las tres citas anteriores habían tenido resultados dispares. Era evidente que todo lo que fuese tocarse se les daba muy bien, y que habían estado utilizando esa herramienta para que avanzase su relación.

Melody escogió el lugar que le gustaba cerca de la piscina y Kyle puso dos tumbonas frente a frente para que pudiesen verse.

—¿Estás preparado para trabajar en la comunicación? —le preguntó ella.

–Primera pregunta –fue su respuesta–: ¿Cómo puedo quererte mejor?

En realidad, Kyle nunca le había dicho que la amaba, así que la pregunta los incomodó a los dos.

–Responde tú primero –le dijo ella.

Kyle sospechó que solo quería ganar tiempo.

–Para empezar, te has comprometido a realizar un plan de catorce días para mejorar nuestra relación y eso es estupendo. Me gustaría que hablases conmigo cuando algo te disgusta, en vez de cerrarte en banda.

Melody apretó los labios y asintió.

–Quiero sentirme segura contigo.

Lo más difícil del ejercicio fue guardar silencio mientras Melody hablaba. Kyle sabía lo que Melody quería, que le dijese que la amaba. Y la amaba, pero no quería decírselo hasta que no estuviesen bien juntos. Si lo hacía, Melody no confiaría en que lo hacía de corazón, sospecharía que lo utilizaba para facilitar la reconciliación. Tenía que haberle dicho que la amaba antes de que se fuese de gira y, a partir de entonces, todos los días.

–Eso no significa que desee que me pidas que me case contigo, o que me digas que me amas. Quiero que confíes en mí en lo relativo a Hunter.

Kyle tenía que haberlo visto venir. Si estaban en aquella situación era por su desconfianza.

–En lo relativo a Hunter, confío ciegamente en ti.

En el que no confiaba era en Hunter.

–Siguiente pregunta: ¿En qué te he apoyado? ¿Cómo puedo apoyarte mejor? –preguntó.

–Siempre me has apoyado en mi carrera musical,

aunque eso nos haya separado –admitió Melody–. Sabes lo duro que fue mi padre y jamás te podré agradecer lo suficiente que hayas estado siempre ahí.

Kyle asintió.

–¿Y cómo puedo apoyarte mejor?

–En ocasiones tengo la sensación de que eres demasiado comprensivo.

–No te entiendo.

–¿Te alegró que me fuese de gira?

–Me alegré por ti, no por mí.

–Pienso que es un arma de doble filo. Por un lado, eres un hombre comprensivo, que cree en mí mucho más que yo misma. Y eso es maravilloso. Por otro, me tratas como si fuese frágil y no me pones límites.

–¿Qué quieres decir?

–Que me he dado cuenta de que hubiese preferido que me pidieses que hiciese solo parte de la gira.

–¿Y tú habrías accedido? –le preguntó él.

–Tal vez, no lo sé, pero si no hubiese estado fuera tanto tiempo, no nos habríamos distanciado.

–Entonces, ¿me estás diciendo que estás dispuesta a anteponer nuestra relación a tu carrera?

Melody se llevó las manos al vientre en un gesto protector.

–Ese es un tema en el que debemos profundizar.

–Me parece bien.

–¿Qué puedo hacer yo para apoyarte más? –le preguntó Melody a su vez.

Él había preparado todas las preguntas menos aquella. En realidad, no sabía qué contestar.

–Para mí es complicado confiar en nadie –admitió–. No estoy acostumbrado a pedir ayuda.

–Y, no obstante, has estado yendo a terapia. ¿Por qué?

–Porque con la terapeuta no tengo que ser fuerte.

–¿Fuerte? ¿Te refieres a mostrarte seguro de ti mismo?

–Empecé a verla cuando estaba al borde de la depresión, cuando me di cuenta de que no iba a poder volver a jugar al béisbol después de la operación. Con ella no tuve que mostrarme valiente. Podía estar enfadado, asustado, y ella me ofrecía un lugar seguro en el que trabajar en mis emociones.

–¿Y puedo hacer yo eso por ti?

Para Kyle era difícil hablar con Melody de sus miedos cuando su instinto le hacía parecer invencible.

–No estoy seguro. Desde niño me enseñaron a no mostrarme nunca débil.

–Eres uno de los hombres más fuertes que conozco –comentó ella.

–A eso es a lo que me refiero. Tú me ves fuerte, pero en ocasiones no lo soy.

Ella separó los labios para llevarle la contraria, pero su expresión se lo impidió.

–Supongo que también tendremos que hablar de esto cuando vayamos a ver a la terapeuta.

Kyle hizo una mueca.

–A este paso, la vamos a mantener ocupada durante años.

A la mañana siguiente, Melody se presentó en casa de Kyle poco después de las diez de la mañana, con el desayuno. Kyle todavía estaba medio dormido cuando le abrió la puerta. Había vuelto de trabajar en el Club T a las cinco de la madrugada.

Melody le dio un café.

—Pareces cansado. ¿Ha sido una noche dura?

—No sé cómo Trent puede hacer esto todos los días. Yo no estoy hecho para trabajar de noche.

—¿Y para salir de juerga?

—Eso es distinto, cuando me canso, me vuelvo a casa.

Melody se echó a reír y a Kyle le gustó, tuvo que contenerse para no abrazarla y darle un beso. El sexto día del plan tocaba sexo y no sabía lo que Melody opinaba al respecto. Él, después de tres meses sin tenerla, se moría de ganas.

Pero antes tenían que realizar el ejercicio del quinto día: tenían que ponerse frente a frente y respirar durante entre cinco y veinte minutos. Kyle no tenía ni idea del objetivo.

—No te veo preparado para esto –le dijo Melody mientras entraba en la cocina y sacaba un bollo de canela y azúcar–. Menos mal que he traído comida.

—Estaré mejor después de la cafeína y el azúcar.

—Podemos dejarlo para otro momento.

—No –replicó él, sentándose y mordiendo el bollo–. Umm, hacía meses que no me comía uno de estos.

—¿Por qué?

—Porque siempre los como contigo, si no, no es divertido.

—¿Solo comes esos bollos conmigo?

–Estos en concreto, sí. Los descubrimos juntos aquella mañana que fuimos a correr y tú te torciste el tobillo.

–Y me llevaste a aquella cafetería.

Aquel día, Kyle se había dado cuenta de que Melody era el amor de su vida. No se lo había dicho nunca. No había encontrado el momento. Tampoco se lo dijo en aquel instante. Estaban volviendo a encontrarse, pero todavía les quedaba mucho camino por recorrer.

Comieron en silencio, cada uno perdido en sus pensamientos. Unos minutos después, Kyle tuvo la sensación de que Melody estaba nerviosa.

–Ya estoy lo suficientemente despierto para empezar –anunció, poniéndose en pie y tendiéndole una mano.

–Según las instrucciones, este ejercicio dura entre cinco y veinte minutos. ¿A ti qué te parece?

–Como es la primera vez que lo hacemos, podríamos intentarlo diez minutos. Cinco son pocos y veinte, demasiados.

–¿No te ves capaz de estar sentada y quieta conmigo durante veinte minutos? –le preguntó él, mirándola con malicia.

–A ninguno de los dos se nos da bien estar sentados y quietos.

Decidieron intentar hacer el ejercicio en el sofá. Melody se quitó los zapatos y se puso cómoda. Se pusieron frente a frente. La situación era incómoda.

–¿Ponemos una alarma? –preguntó ella, buscando el teléfono–. Pondré un tono tranquilo.

Él asintió. Melody dejó el teléfono y se acercaron para juntar sus frentes.

—El segundo paso es sincronizar las respiraciones. Sigue respirando tú y yo intentaré adaptarme a tu ritmo.

—¿No te parece un poco complicado?

—No sabemos cómo se hace. Lo que significa que tampoco nos conocemos demasiado bien.

—Supongo que no. ¿Ojos abiertos o cerrados?

—Depende de si vamos a intentar ver dentro del otro.

Kyle tuvo la esperanza de que así fuese. Para él era importante, aunque no pudiese explicar el motivo. Era como si el hecho de fracasar con aquellos ejercicios implicase que no podían seguir juntos como pareja.

—¿Tú qué piensas?

—¿Por qué no cerramos los ojos durante siete respiraciones y después intentamos abrirlos?

—Estoy descubriendo en ti una faceta que no imaginaba —bromeó Melody.

—Cállate y respira.

Había llegado el sexto día del plan. Se suponía que iban a tener sexo. Al salir del estudio, Mia le había dado una bolsa a Melody:

—No la abras hasta que no estés con Kyle.

—¿No será pintura para el cuerpo que se puede comer o algo parecido?

—Es una sorpresa.

—Gracias —había dicho Melody, dándole un abrazo.

Kyle había insistido en que disfrutasen de una cena romántica antes de empezar a mimarla.

Melody todavía no sabía lo que quería, las posibilidades eran ilimitadas. Podía pedirle solo que la abrazase o la acariciase. O podían hacer el amor.

La idea la ponía nerviosa. Kyle nunca la había decepcionado en la cama. Lo que la ponía incómoda era tener que pedírselo.

Le había mandado un mensaje desde el aparcamiento, así que cuando llegó a su casa, la puerta se abrió y apareció él. No se tocaron, pero la tensión sexual reinaba en el ambiente. Melody levantó la bolsa que Mia le había regalado a modo de insignificante escudo.

–¿Qué es eso? –preguntó Kyle, tomando la bolsa y mirando en su interior.

–Me lo ha dado Mia. Para nosotros. Me ha dicho que no lo abriese hasta que no estuviese contigo.

–¿Un aceite corporal?

–Yo había pensado en pintura.

–Me encantaría pintar todo tu cuerpo –admitió él, dándole un beso–. Voy a sacar las sábanas de plástico.

–Espera. ¿Tienes sábanas de plástico? –le preguntó ella sorprendida.

–Estamos en Las Vegas –respondió él, arqueando las cejas–. Están incluidas en el alojamiento.

Melody esbozó una sonrisa. Vio a Kyle tan animado que se puso todavía más nerviosa. ¿Sería capaz de hacer aquello? ¿Estaba preparada para dar un paso tan importante? Y, al mismo tiempo, ¿cómo no iba a estarlo?

No podía desearlo más, pero el inicio de su relación había sido demasiado rápido debido a la química que había entre ambos y no sabía si debía volver a dejarse llevar por su cuerpo en aquel momento.

–¿Qué te ocurre? –se preocupó Kyle.

–Vamos a por el sexo antes de cenar –respondió ella.

Kyle le acarició la mejilla con los nudillos.

–Estoy seguro de que no estabas pensando en eso. Habíamos prometido esforzarnos en la comunicación.

–El tema del sexo me preocupa –admitió ella después de unos segundos.

–¿Y quieres precipitarte no estando preparada? –inquirió él con exasperación.

–No sé lo que quiero. Ese es, en parte, el problema.

Kyle le acarició los brazos y tomó sus manos. La ternura del gesto la tranquilizó.

–Esta es nuestra noche –le dijo él–. Podemos hacer lo que queramos.

–Pero tú quieres sexo –respondió Melody, sin ánimo de discutir, pero para dejar las cosas claras.

–Soy un hombre –admitió Kyle, sonriendo de medio lado–. Siempre quiero sexo, pero no espero que hagas lo que yo quiera. En especial, en una noche en la que lo único que deseo es hacerte feliz.

Melody se relajó un poco más. Deseó estar con él.

–En ese caso, no habrá sexo ni antes ni después de la cena.

Kyle sonrió de manera comprensiva.

–Si no estuvieses embarazada, sugeriría que nos tomásemos los dos una copa, pero como lo estás voy a darte un poco de sidra y la deliciosa comida que ha cocinado para nosotros el chef Murray.

Había llevado a casa a un conocido cocinero que había preparado para ellos un menú degustación. Fueron al salón y se sentaron a la mesa, que estaba llena de platos.

Melody lo probó todo y no supo qué le había gustado más. Y entonces apareció el cocinero con media docena de postres diferentes.

–Ha llegado el momento de abrir el regalo de Mia –anunció mientras probaba un trozo de pastel de chocolate.

Kyle tomó la bolsa, dentro había un juego de cartas para amantes. La primera reacción de Melody fue reírse, se sentía incómoda, pero Kyle leyó algunas cartas con interés.

–Me parece que la intención ha sido buena –comentó, dejándolas a un lado–. ¿Qué quieres hacer?

–No lo sé.

–Bueno, pues tenemos que hacer algo. ¿Qué te parece si vamos al dormitorio y te abrazo durante media hora? Solo abrazar, con la ropa puesta.

–Suena bien. No hay nada que me guste más que apoyar la cabeza en tu pecho y escuchar los latidos de tu corazón.

–Pues haremos eso.

Kyle se tumbó boca arriba en la cama y ella se acurrucó a su lado, con la cabeza en su pecho. Había echado de menos aquello. Se sintió tranquila y segura. ¿Cómo se le podía haber olvidado aquello? ¿Por qué le resultaba tan sencillo ser negativa en vez de positiva?

–¿Te ocurre algo? –le preguntó Kyle–. No estás relajada.

–Lo siento. Pensaba en lo mucho que me gusta estar así y en cuánto lo he echado de menos.

–¿Y eso te pone tensa?

Melody se sentó y lo miró. De repente, se desencadenó un torrente de emociones.

–Estoy enfadada conmigo misma por haberme cerrado, en vez de haber luchado por nosotros. Me siento frustrada porque no confiaste en mí –empezó, respirando con dificultad–. Y me da miedo pensar que, si no fuese por el bebé, no estaríamos intentando salvar nuestra relación.

Él la escuchó y después respondió en tono tranquilo:

–Yo opino que deberíamos centrarnos en que estamos intentando salvar la relación.

Melody se puso en pie y empezó a andar por la habitación.

–¿Qué me pasa? ¿Por qué estoy bloqueada?

–No te pasa nada. Lamento que pienses que solo intentamos arreglar la relación por el bebé. No es lo que yo siento.

–Entonces, aunque no estuviese embarazada, ¿habrías intentado luchar por nosotros?

–Por supuesto.

Respondió tan rápidamente y con tanta seguridad que consiguió tranquilizarla un poco.

Se dijo que estaban intentando mejorar la comunicación y volver a conectar físicamente. No se trataba solo de sexo, sino de tener intimidad. Y ella debía hacer el esfuerzo.

—Quítate la ropa —le ordenó, poniendo los brazos en jarras—. Despacio… Muy despacio.

Kyle asintió y se levantó de la cama.

—¿Quieres que lo haga bailando? —preguntó.

—Eso estaría bien —respondió ella, sentándose en la cama—. ¿Necesitas música?

Él se echó a reír y Melody recordó lo bien que lo habían pasado siempre juntos jugando, no solo con el sexo.

—Lo que tú quieras.

Melody tomó el teléfono y buscó la canción *Still Dirty*, de Christina Aguilera. Kyle arqueó las cejas y comenzó a mover las caderas al ritmo de la música. A Melody se le quedó la boca seca cuando empezó a quitarse la ropa. Supo que podría acostumbrarse a aquello.

Le bajó la cremallera del pantalón y, con los pantalones en el suelo, le acarició la erección a través del calzoncillo, pero cuando fue a meter la mano por debajo, Kyle se lo impidió.

—Espera. Se supone que hoy te toca disfrutar a ti.

—¿Y piensas que no disfruto tocándote? —bromeó ella.

Y Kyle se quitó la ropa interior.

—Sé que te gusta tocarme, pero déjalo para después. Ahora vamos a concentrarnos en ti.

Melody se quitó la camisa y los pantalones, se echó hacia atrás en la cama y le hizo un gesto con el dedo para que se acercase a ella.

—Lo que queda, quítamelo tú –le pidió.

—¿Y después?

—Después quiero que me acaricies.

—¿Solo eso? ¿Tengo que utilizar únicamente las manos?

—Por supuesto que no.

—¿Quieres que me lo tome con calma?

Melody lo pensó.

—No, por favor. Estoy deseando que me hagas el amor.

Kyle se tumbó a su lado y le acarició los muslos, después la tocó por encima de las braguitas y Melody levantó las caderas del colchón.

—Esta es mi chica. ¿Qué quieres ahora?

—Esto.

Melody le hizo meter los dedos por debajo de la tela para que la acariciase mejor y él la besó al mismo tiempo que prestaba atención a su clítoris. Se olvidaron de los meses de separación y se concentraron en aquel momento.

—No te contengas. Dámelo todo –le pidió Kyle en un susurro.

El orgasmo llegó tan pronto que a Melody casi no le dio tiempo a darse cuenta.

—Te necesito dentro de mí –murmuró después.

—Y vas a tenerme –le prometió él–, pero primero...

Capítulo Ocho

Su sabor era delicioso, y todos los sonidos que emitía mientras Kyle la acariciaba con la lengua eran música para sus oídos. Iba a provocarle un segundo orgasmo, todavía más intenso. Lo que fuese necesario con tal de borrar aquellos tres meses de separación de sus cabezas.

–Kyle. Sí, cómo me gusta.

A él lo que le gustaba era oírla gritar su nombre. Metió un dedo en su sexo y ella levantó las caderas para profundizar la caricia.

–Más –gimió–. Quiero más.

Y Kyle le dio todo lo que sabía que le gustaba. Ella bailó contra su boca mientras Kyle la sujetaba con fuerza de las caderas y la hacía llegar al orgasmo.

Melody arqueó la espalda y gritó de placer.

Verla llegar al clímax lo conmovió. Kyle había hecho aquello por ella y Melody se lo había dado todo.

Cuando Melody se quedó relajada, él tuvo que tomar aire varias veces. La vio con los ojos cerrados, sonriendo de satisfacción, y esperó.

Ella no tardó en abrir los ojos y clavar la mirada en la suya.

–Ven aquí –le pidió–. Necesito que me beses.

No hizo falta que se lo dijese dos veces. Y Kyle fue subiendo a besos por su cuerpo. Se entretuvo en los pechos, tomando con la boca primero un pezón y después el otro. Ella enterró los dedos en su pelo para sujetarlo mientras volvía a gemir de placer.

–Bésame –susurró.

Y él la complació.

–Te necesito dentro. Ya.

–Me gusta que lleves tú las riendas –admitió Kyle, colocándose encima de ella–. ¿Deprisa o despacio?

–Deprisa y con fuerza. Necesito sentir que me llenas por dentro, que somos uno.

A pesar de sus palabras, Kyle se tomó su tiempo y fue poco a poco. No quería perder el control después de tanto tiempo.

–Eres increíble –le dijo, observándola mientras la iba penetrando.

Ella puso las piernas alrededor de su cintura y Kyle empezó a moverse en su interior, buscando un ritmo sincronizado que fue cada vez más rápido.

–Hazme llegar al orgasmo otra vez –le rogó Melody–. Por favor.

Y él la agarró por el trasero y cambió de ángulo. Estaba a punto de estallar, pero quería esperarla.

–Venga –la alentó, y cuando estuvo seguro de que Melody estaba al borde del abismo, se dejó llevar él también.

Gritó su nombre, fue como gritar al universo que aquella mujer le pertenecía. Y él a ella. respiró con dificultad. Sintió que le ardían los ojos. Se dejó caer sobre ella y enterró el rostro en su cuello. Pasaron los minutos y sus respiraciones se fueron calmando. Kyle se sintió saciado, feliz. Con Melody siempre había sido mucho más que sexo. Había entre ambos una conexión incuestionable. Se quedaron relajados, con las piernas entrelazadas. Él le dio un beso en la frente.

«Eres mía», pensó.

Y nadie se la iba a arrebatar. Jamás.

Kyle detuvo el coche delante de casa de Trent, iba silbando. Eran las seis de la tarde y Melody lo había invitado a cenar. Por primera vez desde el día de la ecografía, iban a pasar tiempo juntos solo para disfrutar de la compañía. A Kyle le habían gustado los ejercicios que habían realizado para volver a conectar y conocer mejor al otro, pero se alegraba de no tener nada planeado para aquella noche.

Leyó la nota que había en la puerta de Melody y fue hacia la casa principal. Le gustaba la casa de invitados, era más pequeña e íntima, pero entendía que Melody hubiese preferido preparar la cena en la otra casa, donde la cocina era tres veces más grande.

Pasó por delante de la piscina de agua turquesa y pensó que aquel jardín parecía un paraíso tropical, pero estaban en diciembre y habían caído las temperaturas, hacía frío en Las Vegas.

También pensó que aquella casa había cambiado mucho desde que Trent se había casado con Savannah. Ya no se celebraba en ella fiestas llenas de chicas y había un parque, una trona y juguetes infantiles por todas partes.

Se imaginó su propia casa en Los Ángeles seis meses más tarde. Porque, tal y como iban las cosas con Melody, estaba prácticamente seguro de que iba a volver a vivir con él.

La encontró en la cocina, con el pelo recogido en una cola de caballo, pantalones vaqueros negros rotos en las rodillas, una camiseta gris oscura que disimulaba su vientre y, como única joya, un colgante de una guitarra de plata con sus nombres: Melody y Kyle, grabados.

Kyle pensó que tenía que haberle regalado un anillo de diamantes, pero en realidad solo habían vivido juntos tres meses.

—Qué bien huele —comentó, ofreciéndole un enorme ramo de rosas rosas y azucenas blancas—. Son para ti.

Ella abrió mucho los ojos al verlas y Kyle pensó que tal vez habría preferido rosas rojas, pero como se le había adelantado alguien, Kyle no quería volver a aquel tema.

—Son preciosas —exclamó Melody encantada.

Él pensó que hacía demasiado tiempo que no tenía un detalle con ella. Melody era la mujer más importante de su vida. Era generosa, cariñosa, detallista. Al principio de la gira, Kyle le había enviado pequeños regalos, pero con el paso de las semanas, se había ido quedando sin ideas y se había limitado a mandar mensajes de texto.

—No hacía falta que me trajeras flores —añadió Melody.

—Tengo que cuidarte. Hunter cometió el error de no hacerlo y te perdió.

–Ese no es el motivo por el que me perdió –respondió ella en voz baja mientras ponía las flores en un jarrón con agua–. Me enamoré de ti.

–No te merezco.

–Tal vez no –dijo ella sonriendo un instante–. Espero que vengas con hambre. He preparado tu plato favorito.

–¿Carne estofada?

–Eso es.

Era el plato que Melody había preparado la noche que había decidido que dejaba a Hunter y se quedaba con él. Habían cenado en casa de ella después de darse cuenta de que habían llegado a un punto en el que estar juntos era la mejor parte de su día. Después, Melody le había confesado a Kyle que, sin quererlo, había creado un ambiente romántico para aquella cena.

Kyle estudió la mesa, la bonita vajilla, las copas, los candelabros.

–Te has esforzado mucho –comentó en voz baja.

–He pensado que a ambos nos vendría bien recordar nuestros inicios.

–Me gusta la idea –murmuró Kyle con un nudo en la garganta–. ¿Qué puedo hacer para ayudarte?

–Puedes abrir el vino. He escogido una botella de tinto de la colección de Trent.

–Tú no puedes beber alcohol y yo prefiero no beber solo –admitió Kyle.

Ella sonrió con dulzura.

–En ese caso, la cena estará lista en diez minutos.

–¿Y qué puedo hacer para entretenerte? –le preguntó Kyle, acercándose más y agarrándola por las caderas.

—Diez minutos no es mucho tiempo —murmuró ella—. Y no quiero que se me queme la carne.

—En ese caso, habrá que emplear el tiempo bien.

Después de la cena, dejaron los platos a remojo y fueron a la casa de invitados, donde Melody había pensado que podían tomar el postre: tarta de queso con chocolate blanco y frambuesas. Entraron en el salón y, al encender la luz, Melody tuvo un *déjà vu* cuando Kyle descubrió la canastilla con regalos para el bebé.

—¿De quién es? —preguntó.

—No lo sé. No traía tarjeta —respondió Melody sin girarse a mirarlo.

—Estupendo —comentó él en tono irónico—. ¿Te lo han mandado al estudio?

—No. Estaba aquí, en la puerta de casa.

—Vives en una urbanización cerrada. ¿No te ha parecido extraño?

—Pues… —empezó ella, pensando que sí que le había resultado raro, pero no quería preocuparle—. He imaginado que alguien se lo dio a los guardias de seguridad y tal vez ellos lo trajeron aquí.

—Pero los guardias no tienen el código de la puerta del jardín. ¿Cómo han llegado hasta aquí?

—El regalo llegó cuando estaban poniendo las luces de Navidad en el jardín. Imaginé que los trabajadores habían dejado entrar a alguien.

—¿Y no les preguntaste?

–No.

Melody había llamado a Savannah para preguntarle si el regalo era de Trent y suyo, y entonces se habían puesto a hablar de Kyle y se le había olvidado la misteriosa canastilla.

–Melody, ¿se puede saber qué está pasando aquí? –inquirió Kyle muy serio.

–No es de Hunter –respondió ella.

–¿Has hablado con Savannah y Trent?

–Tampoco lo han mandado ellos. Y… tengo que contarte algo más.

–¿Qué?

–El viernes, después de la cita con el médico, quise enseñarle a Mia la ecografía, pero ya no estaba en mi bolso.

–¿La has perdido?

–Busqué por todo el estudio y pregunté a todo el mundo, pero no apareció. Y dos días más tarde volvía a estar en mi bolso. Te prometo que el viernes, cuando se la quise enseñar a Mia, no estaba, la busqué, de verdad.

–¿Piensas que la tomó alguien del estudio y después te la devolvió?

–No. ¿Por qué iban a hacer algo así? Supongo que se me cayó, que alguien la encontró y la metió en el bolso. El CD lleva mi nombre.

–Me parece muy extraño. No quiero que te quedes aquí sola.

La preocupación de Kyle hizo que ella se pusiese más nerviosa, pero intentó controlarse.

–No seas tonto. Como bien has dicho, es una urbanización cerrada. Será una coincidencia.

–Yo no creo en las coincidencias. Aquí ocurre algo raro y no quiero que estés sola.

–Estoy bien.

–Vente conmigo –le pidió él, pero el gesto de Melody no le gustó–. Al menos, hasta que vuelvan Trent y Savannah.

–No es necesario. Te lo aseguro.

Pero era evidente que la canastilla había llegado allí de manera misteriosa. Melody se mostró valiente porque no quería que Kyle se preocupase.

–No me gusta que alguien pueda llegar aquí tan fácilmente.

–Pues llamaré al guardia de la puerta y le diré que no permitan que nadie entre.

Kyle no parecía satisfecho con la respuesta.

–En ese caso, seré yo el que se mude aquí.

–De eso nada. No estamos preparados para volver a vivir juntos.

–No se trata de vivir juntos, sino de tu seguridad.

–Solo son rosas y biberones.

–Regalos anónimos.

–Al parecer, tengo un admirador secreto –comentó Melody–. Seguro que no es peligroso.

Kyle la miró con escepticismo.

–Deberías tomarte esto más en serio. Te has convertido en un personaje público. La gente piensa que te conoce sin hacerlo.

Él también había tenido experiencias similares con admiradores. Una mujer se había hecho pasar por su novia y había conseguido colarse en la habitación de hotel dos veces. Después, lo había bombardeado a cartas y regalos. Y, para librarse de ella, Kyle había tenido que conseguir una orden de alejamiento. Como resultado de esto, la mujer había amenazado con suicidarse.

–Yo no soy tan conocida como tú –le dijo Melody–. No tengo tantos seguidores en Twitter ni en Instagram. Tal vez eso cambie cuando saque el disco.

–Con una persona que se obsesione contigo es suficiente.

Kyle no quería asustarla para convencerla de que se fuese a vivir con él, le decía aquello porque estaba realmente preocupado por ella.

–Ahora sí que me estás asustando.

–Me alegro.

–¿Te parece bien si me lo pienso esta noche?

Kyle estudió el contenido de la canastilla. Lo último que tomó entre sus manos fue el oso de peluche. Frunció el ceño.

–Qué raro –comentó, inspeccionándolo con las manos y sacando de él una cajita negra.

–¿Qué ocurre?

–Esto es una cámara. Habían puesto una cámara en el oso.

–¿Qué has dicho?

Kyle salió al exterior con el aparato en la mano y lo tiró a la piscina. A Melody se le puso carne de gallina, se estremeció y notó que se le hacía un nudo en el estómago.

–No sé qué está pasando aquí –dijo entonces Kyle, volviendo a la casa de invitados–, pero no me gusta nada. No puedes quedarte en este lugar ni un segundo más.

Lo cierto era que ella también estaba asustada y deseó que Savannah y Trent hubiesen dejado allí a Murphy, su *bulldog* francés.

La casa principal tenía sistema de seguridad y nadie había dejado ningún regalo en ella.

—¿Y si me mudo a la habitación de invitados de la casa principal? —sugirió—. Hay alarma y no puede entrar nadie. Voy a preparar una bolsa con ropa y me acompañas.

—Preferiría que no estuvieses sola.

—Estaré bien.

Y así fue como se estropeó el resto de la velada. Mientras Kyle esperaba en el salón, ella preparó todo lo necesario para pasar la noche en la otra casa, mientras lo hacía, se fijó en las enormes ventanas y en las cortinas que nunca cerraba. ¿Para qué? Había un muro muy alto alrededor del jardín de Trent. Jamás había pensado que nadie pudiese observarla.

Volvieron a la casa principal y Kyle la recorrió entera para comprobar que todas las ventanas estaban bien cerradas. Melody lo observó con el ceño fruncido, se sentía frustrada. No había pensado que la noche terminaría así.

Pensó que debía pedirle a Kyle que se quedase con ella, pero no quería sentir que lo necesitaba. Se había asegurado a sí misma que no estaba preparada para retomar la relación tantas veces que ya no sabía cómo hacerse cambiar de opinión. Si no lo conseguía con la idea de que alguien la estaba acosando, ¿qué le iba a hacer falta para volver a confiar en Kyle?

—Me parece que el lugar es seguro —dijo este por fin.

Melody lo agarró del brazo para acompañarlo hasta la puerta.

—Estaré bien.

Una parte de ella quería llevarlo a la habitación de invitados y quitarle la ropa, pero se dijo que solo quería aquello porque tenía miedo y estaba nerviosa, que no era justo para ninguno de los dos.

Así que intentó ser sensata y lo despidió.

Capítulo Nueve

En cuanto la puerta se hubo cerrado tras de él, Kyle sacó el teléfono y llamó a Trent. Cuando su amigo respondió, se oyeron de fondo los gritos de un bebé y a un perro ladrando.

–Vaya fiesta tienes montada –comentó Kyle.

Abrió la puerta del coche y se sentó detrás del volante, pero no arrancó. Se había dado cuenta de repente de que no podía dejar sola a Melody. Se pasaría la noche en el coche, delante de la casa, y no permitiría que nadie entrase allí.

–Dylan le ha robado a Murphy su juguete favorito y le parece divertido que este le ladre.

A pesar de la preocupación, Kyle no pudo evitar sonreír. Se preguntó si su vida también sería un caos cuando naciese su hija, o si el hecho de que fuese niña lo haría diferente. Estaba deseando averiguarlo.

–¿Qué ocurre? –preguntó Trent–. ¿Algún problema con el club?

–Todo va bien. Te llamo por tu hermana.

–Me gustaría ayudarte, pero ya sabes que Melody va por libre.

–Lo sé. No llamo para pedirte que intercedas en nuestra relación, sino por algo más serio.

–Te escucho.

Kyle sospechaba que a Melody no le iba a gustar

que llamase a su hermano, pero tampoco se estaba tomando la situación en serio.

–Le han estado sucediendo cosas extrañas.

–Define extraño.

–Me parece que os llamó para preguntaros por unas flores que le mandaron al estudio.

–Rosas rojas. Sí. Savannah me ha comentado algo. Imagino que no se las mandaste tú.

–No, y ella está convencida de que tampoco fue Hunter.

–¿Y tú la crees? –preguntó Trent preocupado.

–En estos últimos meses he aprendido a confiar en ella.

–¿A quién pretendes engañar?

–Está bien, soy un celoso –admitió, sin sentirse mal por primera vez en tres meses porque aquello significaba que Melody le importaba. Y mucho–. Tu hermana me importa. Por eso me he estado comportando como un idiota.

–¿Recuerdas lo que te dije cuando empezaste a salir con ella? Me prometiste que no le harías daño.

–No me gusta por dónde está yendo esta conversación. Yo nunca he querido hacerle daño a tu hermana.

–Pensé que ambos erais adultos y que Melody sabía dónde se metía. Y también pensé que tú la dejarías antes de que se encariñase contigo.

–Yo quiero formar una familia con Melody y el bebé. Eso no ha cambiado. La única que tiene dudas es ella –le explicó a su amigo–, pero no te he llamado por nada de eso, sino por los regalos anónimos que ha estado recibiendo.

–¿Qué más le han mandado?

–Una canastilla de bebé.

–Savannah también lo mencionó. ¿No era tuya?

–No. Y apareció en la puerta de la casa de invitados. Sin tarjeta.

–¿En la puerta? ¿Cómo es eso posible?

Aquella era la misma pregunta que se hacía Kyle.

–No lo sé. He hecho que se mude a vuestra casa esta noche porque allí hay alarma, aunque preferiría tenerla conmigo, en mi casa. No obstante, se resiste.

–Pues convéncela.

–Ese era mi plan, pero tu hermana es muy testaruda.

–¿Y qué quieres que haga yo?

–Supongo que no tendrás ninguna excusa para venir a Las Vegas de visita.

–Nate ha comentado algo de dar un concierto para lanzar el disco de Melody. Podríamos organizar algo.

–¿Por qué no lo llamas? –le pidió Kyle–. ¿O prefieres que lo haga yo?

–No, yo lo llamaré. ¿Qué vas a hacer esta noche?

–Había pensado pasármela en el coche, vigilando tu casa.

–¿De verdad te parece necesario? –le preguntó Trent muy serio.

–Tal vez no lo sea, pero tu hermana y el bebé son las dos personas más importantes de mi vida. No puedo arriesgarme a que les ocurra nada. Y, de todos modos, aunque me marche a casa no voy a poder dormir.

–Llamaré a Nate y te mantendré al corriente.

Kyle reclinó el asiento y se preparó para una larga noche. Al menos no iba a necesitar hacer ningún esfuerzo para mantenerse despierto. Estaba demasiado nervioso para dormir. Puso la radio para escuchar los deportes. Una hora después, sonaba el teléfono. Era Trent.

–Me ha llamado mi hermana para decirme que hay un tipo dentro de un coche acechando –le informó su amigo en tono relajado–. ¿Sabes quién podría ser?

–Mándale un mensaje y dile que en cuanto amanezca voy a entrar a por café y unos gofres de esos horribles que hay en el congelador.

–Dice que entres en casa.

–Hace un rato no le gustaba la idea. Y, además, estoy bien aquí –respondió Kyle.

–Como quieras. Yo he hablado con Nate y los dos estamos de acuerdo en que te la lleves una temporada a Los Ángeles.

–Estupendo.

Al menos, le acababan de quitar un peso de encima.

–Ahora solo tenemos que convencerla a ella.

–Ya estamos en ello.

Estaba empezando a amanecer y el cielo estaba teñido de oro y naranja cuando llamaron a la ventanilla del coche. Kyle había estado mirando hacia la carretera, así que no había visto salir a Melody de casa. Bajó la ventanilla.

–Pensé que a estas horas ya te habrías marchado a dormir –le dijo ella–. Tienes mal aspecto.

–Buenos días, preciosidad –murmuró Kyle–. ¿Has descansado?

Ella también estaba hecha un desastre.

—No mucho —respondió Melody sin darle más explicaciones—. ¿Tienes hambre?

—Por supuesto.

—Entra. He preparado el desayuno.

—¿Café y gofres?

—Sé que odias esos gofres.

—Pero supongo que no hay otra cosa.

—Se te ha olvidado que Trent ya no vive solo, y Savannah se ocupa de que la nevera y el congelador estén siempre llenos. Hay beicon, huevos y tostadas. Ah, y café.

—No tenías que haberte molestado.

Ella le dedicó una mirada indescifrable antes de apartarse del coche.

—Entra ahora que todavía está caliente.

Kyle la siguió al interior de la casa, que olía a café y a beicon. En vez de tomar el desayuno en la barra de la cocina, se llevaron los platos al salón y se sentaron con ellos en el sofá.

Veinte minutos más tarde, Kyle dejaba el plato vacío encima de la mesita del café.

—Estaba delicioso —comentó, mirándola—. ¿Tú estás segura de que has comido suficiente?

—Estoy empezando a recuperar el apetito, así que he desayunado muy bien.

Se levantó y llevó los platos a la cocina.

—Deja que te ayude.

Cargaron el lavaplatos juntos, en silencio, con la televisión encendida, escuchando las noticias de aquella mañana. A pesar de intentar mostrarse tranquila, Melody estaba nerviosa.

–Anoche estuve mucho rato pensando, y opino que hemos reaccionado de manera exagerada –comentó, decidida a seguir con su vida como si no hubiese ninguna amenaza.

Kyle no estaba en absoluto de acuerdo.

–¿Qué te parece si te vienes conmigo a Los Ángeles una semana o dos?

Tal vez, una vez allí, Melody accediese a quedarse.

–¿No se supone que tienes que ocuparte del club mientras Trent esté fuera?

–Nate puede hacerlo en mi lugar.

Melody se apoyó en la encimera y se cruzó de brazos.

–Supongo que no te apetece pasar las próximas noches en el coche.

–Tal vez.

Si Melody se quedaba allí, contrataría más seguridad.

–Los vecinos empezarían a preocuparse.

–Sí. Eso es lo que más me importa, lo que piensen los vecinos.

Ella hizo una mueca.

–La cuestión es cuánto tiempo voy a tener que vivir así, sin saber si ocurre algo o no.

Kyle se quedó pensativo. Melody tenía razón. A él tampoco le gustaba la idea de tener que vigilarla hasta que Melody decidiese volver a vivir en Los Ángeles. Eso, dando por hecho que accediese a mudarse. Por otra parte, no le gustaba la idea de que la persona que le había enviado los regalos anónimos intentase acercarse más a ella.

–Vamos…

Se contuvo antes de decir «a casa».

–A comprar cosas para el bebé en esas tiendas tan caras que hay en Rodeo Drive, y a dar un paseo por la playa.

Melody accedió de inmediato y a Kyle le sorprendió, pero se dijo que lo que la movía no eran las ganas de ir de compras, sino de salir de una situación que la asustaba. En cualquier caso, decidió aceptar aquella victoria.

Un par de días después, Melody fue víctima de las hábiles maniobras de su hermano, Nate y Kyle.

–¿Que voy a dar un concierto en The Roxy? –inquirió emocionada.

Estaba en la oficina de Nate en Ugly Trout Records.

–¿Cuándo?

–Dentro de algo más de una semana –le explicó Nate.

–¿Y eso? No voy a estar preparada.

–Ya está todo organizado. He contratado a los músicos, que ya conocen tus canciones. Y he alquilado un local para que ensayéis. Tú solo tienes que ir a Los Ángeles.

Melody se cruzó de brazos.

–Al parecer, has pensado en todo. ¿De quién ha sido la idea?

–De varias personas.

–Lo hacéis para sacarme de Las Vegas y alejarme de mi supuesto acosador.

Melody resopló.

–No ha ocurrido nada extraño desde que llegó la canastilla. Ni siquiera sabemos si hay alguien que esté realmente acosándome.

–A mí una actuación en The Roxy me parece muy buena idea.

–Tienes razón. Tengo mucho que hacer. ¿Cuándo nos marcharemos a Los Ángeles Kyle y yo?

–¿Cómo has sabido que Kyle iba a ir contigo?

–Porque desde hace tres días se ha convertido en mi perro guardián.

Después de aquella noche delante de la casa de Trent, Kyle le había dejado claro que no quería perderla de vista, así que había accedido a mudarse con ella a casa de Trent. Melody todavía no se sentía preparada para vivir con él como antes, pero, al verse obligados a pasar más tiempo juntos, estaban recuperando su relación de antes.

–Os marcharéis pasado mañana. Así tendrás una semana para ensayar.

–No es mucho, pero es factible.

Cuando salió del despacho de Nate, Melody fue a buscar a Mia, que estaba trabajando con Craig en uno de los estudios.

Cuando Mia la vio, le brillaron los ojos.

–¿Qué? ¿Estás emocionada? –le preguntó.

–Mucho. Y un poco nerviosa. Tengo mucho que hacer en muy poco tiempo.

–Vas a estar estupenda.

Craig apartó la mirada de los músicos que había al otro lado del cristal y preguntó:

–¿Qué ocurre?

105

–Voy a actuar en The Roxy dentro de una semana.

Craig sonrió.

–Eso es estupendo.

–Sí. La verdad es que es todo un detalle que Nate y Trent lo hayan organizado todo.

–Te vendrá bien salir unos días de Las Vegas –comentó Mia, mirándola con complicidad.

Todos habían decidido no hablar del acosador. Nate confiaba en todos los trabajadores del estudio de grabación, pero en este entraban y salían muchas personas más. Además, habían enviado las rosas allí y la desaparición y reaparición del CD con la ecografía también había sucedido allí.

–Sí, me vendrá bien –respondió ella.

–¿Cuánto tiempo te vas a quedar en Los Ángeles?

Craig volvía a prestar atención a los músicos.

–No lo sé. Depende de cómo vayan las cosas –admitió, mirándose las manos–. Kyle quiere que pasemos juntos allí las navidades.

–¿Y a ti qué te parece la idea?

–Yo preferiría estar aquí, en familia.

–Pero él también es tu familia –le recordó Mia.

–Sí, pero no quiero tener que escoger entre vosotros y él.

Mia la miró de manera comprensiva.

–Te entiendo. Ivy no me lo puso fácil cuando Nate y yo tuvimos que tomar ciertas decisiones acerca de nuestra relación.

Mia e Ivy eran gemelas y, además, siempre habían estado juntas desde que la estrella del pop había empezado con su carrera, con tan solo seis años.

–Pero al final escogiste a Nate porque lo amabas.

–Y tú escogerás a Kyle por el mismo motivo.

Meloddy asintió, esperaba que, llegado el momento, Mia tuviese razón.

Estaban en el octavo día del plan y Melody quería hacer algo divertido, después de la conversación emocionalmente agotadora que habían mantenido durante la sesión anterior.

El séptimo día había tratado de reforzar la comunicación. Cada uno había tenido veinte minutos para hablar sin que el otro lo interrumpiese. Melody había hablado de su concierto en The Roxy, compartiendo con Kyle su miedo y su emoción.

Él, por su parte, había hablado de su padre. Le había contado a Melody que este había cancelado su fiesta de décimo cumpleaños porque su equipo de béisbol había perdido el último partido de clasificación para los *play-offs*. A Kyle se le había escapado una pelota y entonces había marcado el otro equipo. Y su padre había decidido que solo los campeones tenían fiestas de cumpleaños.

A Melody se le habría roto el corazón al oír aquello y había abrazado a Kyle para intentar transmitirle su apoyo.

Después, habían compartido unos bonitos momentos íntimos que habían hecho que Melody se sintiese más segura acerca de su futuro.

Para el octavo día debían tomar una clase de algo que ninguno de los dos hubiese hecho antes. Melody había estado dándole vueltas y pensaba haber encontrado una buena idea.

–Quiero aprender a bailar el tango –anunció.

–¿El tango?

–Resulta muy sexy cuando lo bailan por televisión.

Kyle se echó a reír.

–Seguro que para eso hace falta practicar mucho, pero me parece bien. Al menos, será una clase divertida.

Aquel era otro de los motivos por los que Melody lo admiraba. Kyle siempre estaba dispuesto a aceptar nuevos retos, aunque para ello tuviese que salir de su zona de confort.

–He encontrado a alguien que puede darnos una clase hoy, a las siete.

–¿Cenamos antes o después?

–Antes, diría yo –respondió Melody, sonriendo con malicia–. Espero que después del baile nos apetezca seguir entrelazando las piernas en la cama.

–Estoy de acuerdo.

Para Melody, el resto del día transcurrió sorprendentemente despacio. Cenaron en el que se estaba convirtiendo en su restaurante favorito de Las Vegas, un pequeño local en el que preparaban deliciosa comida italiana. Melody casi no probó la lasaña, y cuando llegaron a la academia de baile, no podía más de tanta ilusión.

–Así que queréis aprender a bailar tango –dijo la profesora, Juliet, una chica rubia con la espalda muy recta–. ¿Es para la boda?

–No –respondió Melody, mirando a Kyle.

–Es solo para divertirnos –intervino este.

Estaba sonriendo de medio lado, pero su mirada era seria.

Fue entonces cuando Melody se dio cuenta de que era cierto que Kyle quería casarse con ella. Y no solo por el bebé. Quería que estuviesen juntos. Ella también. Y tal y como iba su relación, era posible que lo consiguieran.

Para su sorpresa, sintió un cosquilleo en el estómago cuando Kyle le agarró la mano para llevarla hasta la pista de baile. Este se movió con seguridad, y, siguiendo las instrucciones de Juliet, le puso una mano en la espalda a Melody. Estaban frente a frente, con la parte superior de sus cuerpos tocándose.

–Muy bien, vamos a empezar –anunció Juliet–. Kyle, da un paso adelante con el pie izquierdo, luego con el derecho, otra vez con el izquierdo y después desplaza el derecho al lado, arrastrándolo por el suelo.

Juliet hizo una demostración de los pasos de Kyle y después de los de Melody, que la fueron imitando. Fue increíble, consiguieron ejecutar los cuatro pasos sin equivocarse.

–Muy bien –dijo Juliet–. Vamos a practicarlo un par de veces más y después aprenderemos algo nuevo. Recordad que hay que doblar las rodillas y mantener la espalda recta.

A Melody la experiencia le resultó frustrante y emocionante al mismo tiempo. En ocasiones, sus pies no la obedecían y perdía el paso cuando lo pensaba demasiado. A Kyle, por su parte, se le daba muy bien. Movía los pies con decisión y la agarraba con firmeza entre sus fuertes brazos.

–Tú ya habías hecho esto antes –le dijo la profesora cuando estaban llegando al final de la clase.

–Nunca había bailado tango –respondió él–. De hecho, hacía mucho tiempo que no bailaba.

–¿Cuánto exactamente? –le preguntó Melody por curiosidad.

–De niño, mi madre me llevó a clases de baile. Aprendí bailes de salón de los seis a los ocho años. No me disgustaba, pero ninguno de mis amigos bailaba. Mi madre, sin embargo, pensaba que era más seguro bailar que jugar al béisbol.

–¿Y por eso lo dejaste?

–Lo cierto es que mi padre no tenía ni idea, pero cuando se enteró, obligó a mi madre a borrarme de las clases de baile. Y me metió en un equipo de béisbol.

¿Cómo era posible que un padre no supiese que su hijo había estado haciendo una actividad durante dos años? Melody sintió ganas de hacer la pregunta en voz alta, pero Juliet puso la música de nuevo y se pusieron en posición para repetir los pasos que habían aprendido.

–Deberíais volver otro día a bailar –los animó Juliet–. Los dos sois buenos alumnos.

–Si tú quieres, volveremos –le dijo Kyle a Melody.

–Sería divertido. La experiencia ha sido estupenda.

Se sentía más cerca de Kyle. El hecho de tener que coordinar sus pasos los había sincronizado. El ejercicio era parecido a aquel de respirar que habían hecho el quinto día del plan.

Una vez en el aparcamiento, Kyle comentó:

–Ha sido una buena idea.

–Al principio me ha sorprendido que te pareciese bien, pero ahora que sé que fuiste a clases de baile de niño, lo entiendo.

–No es algo de lo que alardear.

–A mí me parece que saber bailar bien es muy sexy –lo contradijo Melody, abrazándolo por la cintura–. Deberíamos volver a casa y seguir moviendo las caderas allí.

–Me gusta como piensas.

Capítulo Diez

Melody terminó de ensayar por aquel día y entró en la casa de Bird Streets que solo había compartido con Kyle durante tres meses. Al principio le había resultado extraño volver a Los Ángeles y quedarse con él en aquel lugar en el que una vez se había sentido tan optimista. Cuando se había ido a vivir con Kyle le había parecido que estaban en total sincronía y había tenido la esperanza de un idílico futuro a su lado. No obstante, con el paso de los meses había crecido en ella la frustración al darse cuenta de que Kyle no quería, o no era capaz, de expresar sus sentimientos. Aquello le había dolido y Melody había tenido miedo de que Kyle también la decepcionase, como su padre y como Hunter.

Pero desde hacía una semana tenía otra perspectiva. Kyle se abría a ella cada día un poco más y, si bien las conversaciones acerca del futuro seguían poniéndola nerviosa, habían pasado una noche maravillosa mirando las estrellas y un día entero mandándose mensajes de amor y sorpresas especiales.

Se suponía que aquel día tocaba sexo, que le tocaba a ella mimar a Kyle. Y Melody estaba preparada para hacerlo. La parte física de su relación siempre había estado bien, mucho mejor que la emocional.

Lo encontró en el salón de altos techos, que tenía unas vistas impresionantes a la ciudad de Los Ángeles. Estaba sentado frente a la barra, mirando hacia la piscina. Tenía el ordenador cerca, pero no lo estaba utilizando. ¿Cuánto tiempo llevaría así?

–¿Qué vas a querer? –le preguntó Melody. Se puso en su línea de visión con los brazos en jarras y se acercó a él balanceando las caderas–. Soy toda tuya.

–Hoy no tengo buen día.

A Melody le preocupó ver cómo Kyle se cerraba a ella después de todo lo que habían compartido durante las últimas semanas, pero se negó a mostrar su preocupación.

–De eso nada –le dijo, apoyando un dedo en su pecho–. Me toca mimarte. Vamos a tener sexo. Y punto.

–De acuerdo –gruñó Kyle con los brazos cruzados.

–Esa es la actitud –replicó ella–. Es tu día. ¿Qué quieres que haga?

Kyle la miró con el ceño fruncido.

–Supongo que podrías empezar por quitarte la ropa.

–¿Me la quito sin más, o quieres un espectáculo? –le preguntó ella.

–¿Qué clase de espectáculo?

–Lo que te apetezca. Estoy a tu servicio –respondió Melody, haciendo una reverencia.

Aquello le divirtió. Al menos, había conseguido hacerle sonreír. Así que Melody decidió continuar cantando.

Trotó por la habitación mientras se quitaba la camisa y cantaba *Let Me Entertain You*.

Estaba funcionando. Kyle seguía sonriendo incontroladamente. Ella tomó un cojín del sofá, se puso de espaldas a él y se quitó la camiseta.

Se apretó el cojín contra el pecho y se giró hacia Kyle. Se bajó los tirantes del sujetador uno a uno y continuó cantando mientras se contoneaba de manera exagerada.

El brillo de los ojos de Kyle fue el incentivo que le hacía falta para desabrocharse el sujetador y quitárselo. Lo hizo girar en el aire varias veces antes de lanzárselo. Kyle lo atrapó y se lo echó al hombro.

–Si mi disco fracasa, intentaré meterme en algún espectáculo de cabaré.

–Y yo estaré en primera fila el día del estreno.

Melody le sonrió de oreja a oreja.

–Soy muy versátil.

Volvió a darle la espalda y se desabrochó los pantalones con una mano mientras con la otra seguía sujetando el cojín. Se dio la vuelta, agarró un segundo cojín, se giró, pegó el segundo cojín a su trasero y, como pudo, se bajó los pantalones. Después, sin parar de reír, se volvió hacia Kyle.

–Qué complicado es esto –comentó, respirando con dificultad.

–Lo has hecho muy bien.

Ella dio un salto y se acercó a Kyle para terminar de cantar la canción, vestida solo con una enorme sonrisa y dos cojines.

Entonces tiró los cojines y lo abrazó. Le besó en los labios y sintió sus manos en la piel. Kyle se puso

en pie y metió los dedos por la goma de sus braguitas para agarrarla por el trasero y apretarla contra su
erección.

Ella gimió y le clavó las uñas en el cuero cabe-
lludo. Se besaron apasionadamente y lo abrazó con
las piernas por la cintura para que la llevase al dormitorio.

Kyle la dejó en la cama y se quitó la ropa rápidamente. Aunque aquella noche tenía que mimarlo ella
a él, Melody lo devoró con la mirada.

Estaba desnudo, muy excitado y era muy masculino. No podía pedir más.

Kyle se acercó a ella.

—Esta noche te toca disfrutar a ti —le recordó Melody—. ¿Qué quieres que te haga?

Kyle dudó. Siempre habían sabido cómo darse
placer el uno al otro, pero el objetivo de aquel plan
para mejorar su relación era aprender a comunicarse,
así que Melody iba a hacer que Kyle le dijese lo que
quería.

—Tus deseos son órdenes —lo alentó.

Él bajó la vista.

—Me gustaría que me acariciases con la boca.

—Por supuesto. ¿En algún lugar en concreto?

Él le apoyó un dedo en la mejilla y ella le dio un
beso allí. Kyle bajó el dedo a la base del cuello. Ella
lo complació pasando los labios por allí y mordis-
queándole la piel.

Kyle contuvo la respiración y ella se preguntó
cuánto iba a aguantar con aquel juego. Este la sorprendió con un amplio recorrido por su torso antes
de llegar al destino que ambos deseaban alcanzar.

Melody tomó su erección con la boca, disfrutando de la suavidad de su piel, de su sabor salado y de los gemidos de Kyle.

Decidió volverle loco y lo hizo con la lengua, los labios y las manos, llevándolo al borde del orgasmo.

Entonces Kyle la agarró de los brazos.

–Espera. Quiero llegar al clímax dentro de ti.

Y Melody no necesitó oír más. Cambió de posición y subió a besos por su cuerpo hasta sentarse a horcajadas sobre él. Entonces Kyle tomó las riendas y empezó a moverse en su interior. Melody pensó que jamás podría saciarse de aquello y se dio cuenta de que iba a llegar al clímax mucho antes de lo esperado.

–Venga –la animó Kyle–. Quiero verte.

Melody movió las caderas para que aumentase el placer y se acarició los pechos porque sabía que a Kyle le gustaba ver cómo se tocaba. Este gimió y ella sonrió. Un segundo después, echó la cabeza hacia atrás y se dejó llevar por el orgasmo. Kyle le clavó los dedos en las caderas y se apretó con fuerza contra su cuerpo, haciéndola llegar a un segundo clímax mientras decía su nombre.

–Sí, esta es mi chica –murmuró.

Era suya. En aquel momento de lucidez, Melody se dio cuenta de que su corazón siempre había sido de Kyle. ¿Sería ese el motivo por el que había tenido tanto miedo? ¿Por eso habría guardado tanto las distancias? Porque le pertenecía y no le parecía justo que Kyle no le perteneciese a ella.

Gimió ella también y dijo su nombre. Lo miró a los ojos y vio en los de él que eran uno. Pensó que

Kyle le iba a decir entonces lo que tanto ansiaba oír, pero este se limitó a tomar su rostro con ambas manos y a darle un beso en los labios.

–Ninguna otra mujer me ha hecho sentir así.

No era un te quiero, pero Melody lo aceptó. No tenía elección. Ella le había entregado su corazón y no estaba segura de que Kyle no fuese a rompérselo.

–Te quiero –murmuró, y suspiró mientras él la abrazaba.

La tarde de la actuación, Melody se dirigió a The Roxy por segunda vez en el día. Kyle se había ofrecido a acompañarla, pero estaba tan nerviosa que le había dicho que no, no quería que este viese cómo se venía abajo antes de la actuación.

Aunque aquello no ocurrió porque estaba rodeada de un grupo de músicos muy profesional, con el que daba gusto trabajar.

Terminaron de ensayar una hora antes de que empezase el concierto y, entonces, llegó Hunter. A Melody le sorprendió verlo allí.

–¿Qué haces aquí?

–Nate me contó que ibas a actuar y le pedí ser yo quien te presentase. Pensé que te vendría bien mi apoyo.

–Qué detalle –respondió ella, con un nudo en el estómago.

¿Cómo reaccionaría Kyle al ver a Hunter allí?

–Tengo entendido que hay que felicitarte –añadió Hunter–. Nate me ha contado que has vuelto con Kyle.

–Supongo que sí –respondió ella.

–Pues no te veo muy segura –comentó Hunter, acercándose a ella de manera sugerente.

–Desde que las cámaras me captaron contigo aquella noche en Nueva York, han sido unos meses complicados. Kyle pensaba que querías volver conmigo. Qué tontería.

Melody hizo aquel último comentario porque quería que Hunter la contradijese.

–No es ninguna tontería –respondió él, tomando sus manos–. Sabes que siempre estaré aquí si me necesitas.

Ella asintió y, al mirar a Hunter a los ojos, entendió que Kyle estuviese preocupado.

–Lo mismo digo –le contestó, apartando las manos y obligándose a sonreír–, pero mi futuro está con Kyle. Vamos a formar una familia.

Después de la última semana, empezaba a creerlo de verdad.

–El local está lleno –anunció Nate, entrando en el camerino poco antes de que empezase el concierto.

–No sé por qué estoy tan nerviosa –le respondió Melody, respirando hondo.

Al menos sabía que los nervios no le durarían mucho. Se tranquilizaría en cuanto saliese al escenario.

Nate le dio un abrazo y sonrió.

–Vas a estar estupenda.

–Gracias.

Fueron juntos al *backstage*. Los músicos ya estaban en el escenario y Hunter estaba animando al público. Melody pensó en las personas que iba a apoyarla desde allí: Kyle, Nate, Mia, Trent y Savannah, y se dijo que iba a cantar para ellos.

Hunter hizo un gesto en su dirección y Melody salió. Sonrió y saludó como si no tuviese el estómago hecho un manojo de nervios.

–Hola, Los Ángeles, ¿cómo estáis esta noche?

El público la aclamó y Melody se olvidó de repente de todos sus problemas. Empezó con la primera de las diez canciones que había planeado cantar, se sintió segura al ver que su voz sonaba fuerte y pura, que no le afectaban los nervios. Durante los nueve meses que había estado de gira se había enfrentado a miles de fans en lugares mucho más grandes.

Aquella noche el público era diferente. Podía sentir su energía rodeándola, inspirándola. Le gustaba que el ambiente fuese íntimo. Podía conectar mejor con la gente, ver sus rostros. Estaban allí por ella. No era un rostro anónimo, era Melody Caldwell, una estrella naciente.

Cuando salió del escenario tuvo la sensación de que sus pies no tocaban el suelo, flotaba. Ya no estaba preocupada por el éxito de su disco, sabía que iba a salir bien. El público se había mostrado muy receptivo con todas las canciones. Y ella había puesto el corazón y el alma en cada nota.

–Has estado fantástica –le dijo Hunter mientras el público seguía aplaudiendo.

La tomó entre sus brazos y la hizo girar en el aire.

Ella se echó a reír y lo abrazó, se alegró de poder compartir aquel momento con él.

Hunter la dejó en el suelo y entonces, de repente, la besó. Por un instante, Melody se quedó tan sorprendida que no se movió. Recordó lo ocurrido en Nueva York, en un local diferente, volvían a ser dos amigos que compartían un momento inocente, pero que podía ser malinterpretado. Melody se apartó de él.

–¿Se puede saber qué estás haciendo? –inquirió.

Hunter parecía encantado.

–¿Tienes otra canción? –le preguntó, ajeno a su malestar–. Parece que quieren más.

Señaló hacia el público y fue entonces cuando Melody se dio cuenta de que había tres personas muy cerca de ellos. A juzgar por la expresión de Savannah, era evidente que habían visto el beso que Hunter le había dado. Trent parecía sorprendido también, pero Kyle estaba completamente inmóvil y tenso.

–Los músicos no conocen ninguna otra, pero hay una que puedo cantar con el teclado –respondió ella.

Le dio la espalda a Hunter y volvió a salir al escenario, donde se acercó al teclista.

–¿Me prestas el teclado para una canción? –le preguntó.

–Es todo tuyo.

Melody ajustó el micrófono y sonrió a su público.

–Este es un tema en el que he estado trabajando con una compositora amiga mía que tiene mucho talento, Mia Navarro. Espero que os guste.

Todo el mundo guardó silencio y ella empezó. Era una canción que hablaba de amor y anhelo, de esperanza y miedo. La habían escrito en un momento en el que ninguna de las dos había sabido que conseguiría al hombre al que amaban. Melody abrió su corazón y lo dio todo y cuando terminó toda la sala estaba en silencio. Una lágrima le corrió por la mejilla y se la limpió.

El público estalló en aplausos.

Ella se inclinó hacia delante, agradecida por aquel gesto de cariño y aprobación. Había cantado para el hombre que había en el *backstage*. Los focos la cegaron y no pudo ver más allá de Trent y Savannah, donde suponía que debía de estar Kyle, entre las sombras.

Su instinto le dijo que tenía que llegar a él lo antes posible.

La felicitaron Savannah y Trent, después llegaron Nate y Mia, pero Melody miró a su alrededor y no encontró a Kyle.

Decepcionada, contuvo las lágrimas e intentó mostrarse serena.

–¿Te ha parecido bien que tocase nuestra canción? –le preguntó a Mia.

–Ha sido fantástico –le respondió esta con los ojos brillantes–. Además, eres la primera que ha mencionado mi nombre. Has estado maravillosa.

Todo el grupo fue junto a tomarse una copa para celebrarlo, y Melody aprovechó para acercarse a Savannah y preguntarle en voz baja:

–¿Dónde está Kyle?

–Ha dicho que tenía que hacer una llamada –respondió esta, agarrándola por el brazo y esbozando una sonrisa.

—Me ha visto con Hunter, ¿verdad?

—Sí, y no parecía contento cuando se ha marchado.

—He vuelto a estropearlo todo. No sé qué me pasa —protestó Melody, disgustada consigo misma.

—Seguro que Kyle sabe que no hay nada entre Hunter y tú.

No obstante, Melody supo que le debía una explicación.

—¿Sabes dónde puede estar?

Savannah torció el gesto y apartó la mirada.

—¿Qué ocurre? ¿Dónde está Kyle?

—Creo que ha salido con Hunter por la puerta de artistas.

Melody juró entre dientes y fue hacia la calle.

Capítulo Once

Cuando Melody salió a despedirse del público por última vez, Kyle agarró a Hunter, preso de la ira, y lo llevó hacia la calle.

Le había parecido ver a Melody feliz entre sus brazos, hasta que esta había empujado a Hunter para apartarlo de ella. Él también había querido separarlos en cuanto Hunter la había levantado en volandas.

Aunque sabía que la culpa de aquello era toda de Hunter, que Melody no lo amaba, algo se había quebrado en su interior. Ya no tenía miedo a que Hunter se la quitase, pero tampoco estaba seguro de poder ganarse su amor.

Una vez en el oscuro callejón que había en la parte trasera del club, Kyle empujó a Hunter contra la pared e inquirió:

–¿Cómo se te ha ocurrido besar a Melody?

–Déjame en paz. No es de tu propiedad –replicó el otro hombre en tono arrogante, sonriendo–. Suéltame.

–¿Por qué no la dejas en paz tú a ella?

–Porque Melody no quiere que la deje en paz –replicó Hunter, zafándose de él.

Kyle apretó los puños.

–No va a volver contigo. Me quiere a mí. Y espera un hijo mío. Además, tú no eres precisamente el tipo de hombre que disfrutaría siendo padre.

–Lo mismo podría decir yo de ti.

–Mis días locos se terminaron cuando empecé a salir con Melody. Vamos a formar una familia. Necesita estabilidad y coherencia.

–¿Y no se te ha ocurrido pensar que tal vez no quiere lo que tú le estás ofreciendo? ¿La has visto esta noche en el escenario? Es una estrella, no se va a limitar a ser madre y esposa.

Las palabras de Hunter calaron en su interior. Kyle pensó que no quería que Melody renunciase a nada por él.

–Eso no es asunto tuyo –le replicó a Hunter.

La puerta de artistas se abrió y apareció Melody.

–¿Qué está pasando aquí? –preguntó, mirándolos a los dos.

Hunter fue el primero en responder:

–Le estaba diciendo a tu chico que tienes demasiado talento como para dejar a un lado tu carrera en estos momentos.

–¿Y él no estaba de acuerdo?

–Tiene algunas ideas que se han quedado antiguas.

–¿Y tú se las estás aclarando?

Kyle contuvo una sonrisa. Hunter estaba en apuros y todavía no lo sabía. Estuvo a punto de sentir lástima, pero supo que en cuanto Melody terminase con su exnovio empezaría con él.

–Sí, y lo estaba haciendo pensando en lo que es mejor para ti.

124

–Si eso fuese cierto, a estas alturas ya sabrías que soy capaz de tomar mis propias decisiones –replicó Melody.

–Solo pretendía ayudar.

Melody señaló con la cabeza hacia la puerta.

–Si no te importara, me gustaría hablar a solas con Kyle.

–Por supuesto –respondió Hunter, volviendo a entrar en el club.

–¿Esto era necesario? –preguntó Melody a Kyle en cuanto se quedaron solos.

–Lo era para mí.

–¿Por qué?

Kyle pensó que aquello no tenía sentido. ¿Por qué estaba él a la defensiva cuando era Melody la que se había besado con su ex?

–¿De verdad quieres que responda a esa pregunta?

–Sí –respondió ella, cruzándose de brazos.

–Hunter y tú.

–Me ha abrazado. Y yo a él.

–Te ha besado.

–Eso era algo que no esperaba. Y tal vez no hubiese debido abrazarlo, pero estaba muy emocionada.

–¿No se te ha ocurrido pensar que tal vez hayas estado dándole motivos? –la acusó Kyle, a pesar de saber que no era del todo justo.

–Eso no es verdad.

Melody respiró hondo.

–Bueno, tal vez dé esa sensación, pero es que Hunter me ha apoyado mucho últimamente.

Kyle se pasó la mano por el pelo e intentó mantenerse tranquilo.

–¿Significa eso que yo no?

–Eso significa que la música me une a Hunter, que valoro sus opiniones.

–¿Sabías que te iba a presentar él esta noche?

–Yo no lo pedí, si es eso lo que piensas –le respondió–. Me parece que no estamos discutiendo por Hunter.

–Pues yo opino que sí, pero no te estoy acusando de engañarme.

–Me alegro, porque ni te he engañado nunca ni lo voy a hacer.

–En cualquier caso, tengo la sensación de que no tienes las cosas claras.

–¿Qué quieres decir?

–¿Por qué no quieres casarte conmigo?

–Sinceramente, porque nunca me has dicho que me quieres.

–Pues es así.

–Pero no eres capaz de decírmelo. En realidad, tengo las cosas muy claras –le explicó Melody, respirando hondo–. Quiero sentirme segura.

–Ese es el motivo por el que te he pedido que te cases conmigo. Quiero que te des cuenta de que estoy comprometido contigo y con nuestra hija.

¿Acaso había un modo mejor de demostrarle lo que sentía?

A juzgar por la expresión de Melody, no estaba convencida.

–No quiero que nos casemos por los motivos equivocados.

–No te preocupes.

–¿Me habrías pedido que me casase contigo si no hubiese estado embarazada?

–Yo pienso que íbamos por buen camino. O, al menos, yo iba por ese camino.

–No te creo.

–Aquí no soy yo el escéptico en lo que al matrimonio respecta. Tal vez mis padres no fuesen perfectos, pero siguen juntos y pienso que seguirán así hasta que la muerte los separe –argumentó Kyle–. ¿A ti te gustaría casarte en un futuro?

–Sinceramente, jamás pensé que me lo pedirías, así que no nos imaginaba casados.

–¿Y por qué estabas conmigo? –le preguntó Kyle.

Ella arqueó las cejas, sorprendida.

–Eres divertido y sexy, fuerte y dulce al mismo tiempo. Sabes hacerme reír y me atraes mucho. Me gusta estar contigo.

–Muchos otros hombres podrían hacerte sentir todo eso. De hecho, creo recordar que cuando te pregunté qué habías visto en Hunter me respondiste algo parecido.

–Eso no es verdad –replicó ella con el ceño fruncido.

–Yo, cuando te miro, veo mi futuro.

–¿Cómo me puedes decir eso, si no eres capaz de decirme que me quieres?

–Te he ofrecido todo lo que soy. Si lo que se interpone entre nosotros son dos palabras, te las diré, pero que no te sorprenda que eso no te haga feliz.

Kyle hizo una pausa, no quería decírselo en medio de una discusión. Quería que el momento fuese perfecto.

No obstante, tomó aire y le dijo desde el corazón:

—Te quiero.

Kyle había tenido razón. Melody lo maldijo.

A pesar de que había sinceridad en su mirada y que lo había dicho muy serio, ella no consiguió sentirse mejor. No se sentía más segura.

—Tenías razón, tenemos que pensar. Nos vendrá bien estar una temporada separados.

Él se mostró derrotado por un instante, sacudió la cabeza con tristeza.

—Yo pienso que ya hemos estado demasiado tiempo separados.

Una vez más, era ella la que retrocedía. Se preguntó por qué. Kyle le había dicho que la amaba. ¿Por qué no se lanzaba a sus brazos y se lo comía a besos? ¿Acaso no era aquello lo que había deseado desde el principio?

—Mira —añadió él—. No hemos hecho el ejercicio número doce del plan, que trata de comunicarse y escucharse sin interrupciones.

—Ahora mismo no tengo energía ni para hablar ni para escuchar —le respondió ella, sabiendo que en las dos últimas semanas Kyle se había esforzado mucho más que ella en recuperar su relación.

Los ojos se le llenaron de lágrimas. Maldijo a las hormonas del embarazo que la hacían llorar en los momentos más inoportunos.

–No pasa nada –le dijo él en tono tranquilo, comprensivo–. No hace falta que digamos nada más. Ha sido una semana muy larga y estás agotada. Vamos a casa. Ambos tendremos las ideas más claras mañana por la mañana.

Pero Melody no quería ir a casa con él. Quería estar solo y lamerse las heridas.

Consciente de que quería evitarlo una vez más, en vez de trabajar en su relación, respondió:

–Ahora no puedo marcharme. Mis amigos han venido a apoyarme. Vete tú, si es lo que quieres.

Y antes de que a Kyle le hubiese dado tiempo a responder, se había dado la media vuelta para volver a entrar en el club. Se dijo que no debía sorprenderla que Kyle no la siguiera, al fin y al cabo, lo había apartado de ella demasiadas veces, a esas alturas debía de estar harto.

Encontró a Trent, Savannah, Nate y Mia, que estaban con Craig, que a su vez iba acompañado por una rubia muy alta de nombre Sasha. Con la mirada, Savannah preguntó a Melody por Kyle, pero esta se limitó a negar con la cabeza.

No podía disfrutar de la velada después de la discusión que había tenido con Kyle. Se preguntó si este se habría marchado a casa. Y si ella debía haberlo acompañado.

La fiesta empezó a apagarse una hora más tarde. Trent y Savannah fueron los primeros en marcharse. Melody salió al vestíbulo a despedir a otras dos parejas y después se marcharon también Craig y Sasha.

Entonces fue al *backstage* a recoger el bolso y a

cambiarse de ropa. Antes de salir del club, decidió llamar a Kyle, que no le respondió al teléfono, así que colgó sin dejarle ningún mensaje.

Ya en el aparcamiento, se preguntó si debía arriesgarse a tener otra discusión si volvía a casa de Kyle. Lo mejor sería darse espacio. Se acercó a su coche de alquiler y mientras lo hacía envió un mensaje de texto a Kyle para contarle sus planes.

—¿Estás bien?

Melody se giró y vio a Craig acercándose a ella.

—Estoy bien. Le estaba enviando un mensaje a Kyle.

—¿Por qué se ha marchado?

—Tenía otro compromiso —respondió ella, que no quería dar más explicaciones—. ¿Y Sasha?

—Se ha ido a casa. No habíamos venido juntos.

—¿Y adónde vas ahora?

—A Las Vegas.

—¿Esta noche?

—Sí, he venido esta mañana para verte actuar, pero me vuelvo ya.

—¿En coche? ¿Y cuánto vas a tardar?

—Unas cinco horas.

—Estaba pensando en volverme a Las Vegas yo también, pero en avión.

—Puedes venir en coche conmigo —se ofreció Craig.

—Estoy tan cansada que no te voy a hacer mucha compañía. Y tengo que entregar el coche de alquiler en el aeropuerto.

—Te seguiré hasta allí.

—De acuerdo.

Melody sabía que aquello era una locura, que lo mejor sería pasar la noche en un hotel, o volver a casa con Kyle, pero había algo que la hacía huir.

Hora y media después salía de Los Ángeles en el coche de Craig, aturdida. No tenía la menor idea de lo que iba a hacer cuando llegase a Las Vegas, ni en lo relativo a su relación con Kyle.

Lo único que tenía claro era que era posible que este se hubiese cansado de ir detrás de ella.

Capítulo Doce

Melody se despertó, era de día. Levantó la cabeza de la ventanilla y le dolió el cuello. Se lo frotó. Tardó un momento en ubicarse. Todavía estaban en la I-15. Miró el reloj del salpicadero y vio que eran casi las siete de la mañana.

Habían parado en Barstow a echar gasolina y comer algo, también para que Craig descansase un poco y se tomase un café. De vuelta al coche, Melody había sido incapaz de mantener los ojos abiertos, así que había dormido un par de horas, pero no era suficiente. Pensó que cuando llegase a casa iría directa a la cama.

–¿Qué tal has dormido? –le preguntó Craig.

–Regular.

–Dentro de veinte minutos estarás en casa –añadió él.

Melody bostezó.

–Sé que ya te lo he dicho, pero te agradezco mucho que fueses a Los Ángeles solo para oírme cantar –le dijo riendo–. Sobre todo, porque me oyes cantar a todas horas.

–Un concierto es diferente. No tienes ni idea de cómo brillas en el escenario, ¿verdad? –comentó él, mirándola con admiración.

–Es cierto que cantar con público es distinto –asintió ella, volviendo a fijar la vista en la carretera–. Anoche la energía era fantástica. Llevaba unas semanas pensando en dejar mi carrera como cantante y volver a limitarme a componer, pero después de anoche, tengo ciertas esperanzas.

–Imagino que Kyle preferirá que dejes de actuar.

–No, él siempre me ha apoyado.

Aunque era cierto que le preocupaba que se fuese de gira mucho tiempo, y que ella tampoco se imaginaba separada de su bebé, y que las giras no estaban hechas para ir con niños.

–No deberías dejar de cantar. Podrías convertirte en una gran estrella.

–Ese nunca ha sido mi objetivo. Me encanta la música, pero ser famoso implica ciertos sacrificios, como el de la intimidad.

–Debe de ser difícil saber que hay tantas personas que te quieren.

–No pienso que me quieran a mí, lo que les gusta es mi música –razonó Melody.

–Pero tú eres maravillosa –continuó Craig–. Tienes mucho talento y, además, eres una buena persona. Todo el mundo habla bien de ti en el estudio, siempre estás dispuesta a ayudar.

Melody pensó que no era para tanto.

–Gracias, Craig. La verdad es que, de no haber sido por Nate, nunca habría empezado a cantar de manera profesional. Él me animó a subirme a un escenario, así que lo normal es que yo le devuelva el favor.

–Es mucho más que eso. Eres realmente buena persona.

Melody se cansó de que la conversación versara sobre ella.

—Sasha me ha caído muy bien. Hacéis buena pareja.

—No salimos juntos —replicó Craig en tono frío.

—Ah, pensaba que sí.

Lo cierto era que Sasha había comentado que llevaba un año saliendo con Craig, pero tal vez este no se tomase en serio la relación.

—Es muy agradable. Y a mí me parece que le gustas.

—No es la mujer que yo quiero —respondió él, sonriéndole.

Melody se sintió incómoda de repente. Siempre había pensado que le gustaba a Craig, pero en esos momentos tuvo la sensación de que le gustaba más de lo que ella había creído.

—Deberías sentarte y hablar con ella —continuó—. Sasha piensa que tenéis futuro.

—Pues se equivoca —le dijo él, cada vez más molesto.

Melody guardó silencio y entonces se dio cuenta de que no le había dicho a Craig cómo llegar a su casa, pero que este parecía saberlo. Frunció el ceño.

Al llegar a la urbanización, Melody buscó en el bolso, y entonces Craig bajó su ventanilla y pasó una tarjeta por el lector electrónico. La barrera empezó a subir.

—¿Tienes llave?

—Mi tía tiene una casa aquí.

Melody intentó recordar si le había dicho a Craig

dónde vivía. Era posible. Últimamente estaba fatal de memoria.

Y tal vez también un poco paranoica.

–De hecho, si no te importa, pasaremos un momento por su casa. Tengo que regar las plantas y asegurarme de que todo está bien.

Melody solo quería llegar a casa y meterse en la cama, pero Craig había tenido el detalle de llevarla hasta allí, así que lo mínimo que podía hacer era acompañarlo a casa de su tía.

–Si no vamos a tardar mucho –comentó, bostezando–. Lo siento.

–Necesitas descansar y relajarte, tanto estrés no puede ser bueno para el bebé.

–Todo el mundo se preocupa por mí. Estoy bien. Y el bebé también está bien. Además, el embarazo todavía no está avanzado.

Craig se acercó a una casa parecida a la de Trent.

–Esta es la casa de mi tía.

–¡Pues está muy cerca de la de mi hermano! –comentó–. Su casa está en la calle de detrás.

De hecho, era posible que desde el segundo piso de aquella casa se pudiese ver el jardín de la de Trent.

–¿No me digas? –dijo él, apagando el motor–. ¿Te importaría ayudarme? Así acabaré antes de regar las plantas.

–Por supuesto.

Craig abrió la puerta y la condujo hasta la cocina, la casa era muy parecida a la de Trent, desde el salón también se veían el jardín y la piscina.

–Es una casa muy bonita –comentó Melody mientras tomaba una botella de agua y se acercaba a las plantas que había junto a las escaleras–. ¿A qué se dedica tu tía?

–Es agente inmobiliario en Los Ángeles.

–¿Y aquí viene de vacaciones?

Craig asintió.

–Le gustan los casinos.

Mientras Craig se dirigía al piso de arriba, ella continuó con las plantas del primer piso. De repente, dejó de oír a Craig y pensó que estaban entreteniéndose demasiado.

–¿Craig? –lo llamó–. ¿Has terminado?

Como este no respondió y se moría de sueño, volvió a gritar:

–Me voy a casa. Está aquí al lado, así que puedo ir andando. Gracias por traerme.

Solo hubo silencio. Salió y fue hasta el coche para sacar su bolsa de viaje, pero este estaba cerrado, así que volvió a la casa.

–¿Craig?

Empezó a subir las escaleras y entonces oyó un ruido en el piso de abajo. Se giró y lo vio.

–Aquí estás. Mira, si no te importa, me voy a marchar a casa. Solo necesito sacar la bolsa de viaje del coche.

–¿Por qué no te quedas conmigo un rato? Prepararé algo de comer.

–Estoy muy cansada y no tengo hambre –admitió ella que, además, estaba empezando a perder la paciencia–. Solo quiero irme a casa.

–Un rato más, por favor.

Melody bajó las escaleras hacia la puerta, pero Craig se interpuso en su camino. A Melody se le erizó el vello de los brazos. ¿Por qué no la dejaba salir?

–Estoy agotada –insistió.

–Por favor, siéntate.

–No quiero sentarme, quiero marcharme.

Craig se acercó más a ella.

–Me temo que no puedo permitirlo.

–¿Por qué? –inquirió Melody, cansada y molesta.

–Porque necesitas que alguien cuide de ti, te dicen que te tomes las cosas con calma, pero no haces caso, así que voy a ocuparme yo.

–¿De qué estás hablando?

–Te gustó todo, ¿no? –preguntó él–. Las rosas, la canastilla para el bebé…

Melody sintió miedo.

–¿Lo enviaste tú?

–Sí, quería que supieses lo mucho que te quiero.

–Te lo agradezco, pero no tenías que haberte molestado. Estoy con Kyle.

Pero Kyle no estaba allí, porque ella lo había dejado en Los Ángeles para volver a Las Vegas con Craig. Y en esos momentos estaba metida en un buen lío.

–Con el tiempo te darás cuenta de que no te conviene. No tanto como yo. Vamos a ser muy felices.

Sentado en su sofá de Los Ángeles, Kyle miró su teléfono, anhelando que Melody lo llamase o le enviase otro mensaje. Se había arrepentido de no contestar al primero que le había enviado diciendo que iba a pasar la noche en un hotel, pero cuando lo había recibido había estado tan enfadado que había tenido miedo de responderle mal. No obstante, por la mañana, la había escrito disculpándose y pidiéndole que lo llamase. Ya era la hora de la comida y seguía sin tener noticias de ella, así que decidió llamar a Trent.

—¿Habéis tenido noticias de Melody desde anoche? —le preguntó.

—No, ¿y tú?

—Anoche me mandó un mensaje diciendo que iba a pasar la noche en un hotel. La he llamado varias veces desde esta mañana, pero no responde al teléfono. ¿Podrías intentar contactarla tú?

—Savannah está marcando su número. ¿Le has preguntado a Nate?

—Todavía no. Iban a ir con Mia a visitar a su madre en Texas, así que han debido de salir temprano.

—Savannah dice que no responde.

Kyle tuvo un mal presentimiento, pero intentó apartarlo de su mente. Se dijo que Melody estaba bien. No obstante, él tenía el estómago encogido. ¿Por qué nadie sabía nada de ella?

Aquello era culpa suya. No tenía que haberla dejado sola. ¿Y si le había ocurrido algo?

—¿Le puedes pedir a ese amigo tuyo de Las Vegas que trabaja en seguridad que compruebe si ha utilizado las tarjetas de crédito? Tal vez averigüemos dónde está alojada.

—¿No te parece exagerado?

—Te recuerdo que alguien le envió un oso de peluche con una cámara dentro. Y que no es normal en ella que no dé señales de vida.

–De acuerdo, llamaré a Logan.

Nada más colgar, Kyle le envió un mensaje a Nate y después se puso a andar de un lado a otro del salón.

Trent le devolvió la llamada veinte minutos después.

–Logan ha rastreado sus tarjetas. Las ha utilizado en Barstow, en una gasolinera. Lo raro es que devolvió el coche de alquiler anoche en Los Ángeles.

–Devolvió el coche, pero no tomó un avión. Aquí pasa algo extraño.

–¿Y si le han robado el bolso? –sugirió Trent.

–En ese caso, no habría podido alojarse en un hotel y os habría llamado.

–O tal vez alguien la llevó anoche a Las Vegas.

–¿Quién? –preguntó Kyle, nervioso–. Voy a tomar el primer vuelo que vaya para allá. Son demasiadas cosas extrañas.

–¿Quieres que llame a la policía?

–Lo cierto es que sí –admitió Kyle–, pero no han pasado cuarenta y ocho horas y Nate todavía no ha respondido a mi mensaje. En cuanto tenga noticias suyas, te llamaré. ¿Podrías darme el número de teléfono de Logan?

Cuando Nate le devolvió la llamada, media hora después, Kyle ya había hablado con el experto en seguridad, que le había asegurado que iban a comprobar las cámaras de seguridad de Barstow y a enviar a alguien a casa de Trent en Las Vegas, para ver si Melody estaba allí.

–Ni Mia ni yo hemos tenido noticias suyas –admitió Nate–. ¿Desde cuándo no sabemos nada de ella?

–Anoche me mandó un mensaje diciendo que iba a pasar la noche en un hotel. Fue alrededor de medianoche.

Kyle le contó a Nate que Logan había rastreado sus tarjetas y lo que había averiguado.

–Da la sensación de que ha vuelto a Las Vegas en coche, pero desconocemos las circunstancias –añadió.

–¿Y tú piensas que la han raptado? –le preguntó Nate.

–Pienso que la persona que la estaba acosando ha movido ficha –admitió Kyle–. Es extraño que Melody desaparezca así, sin decirle nada a nadie.

–Eso es cierto. ¿Has llamado a la policía?

Kyle se arrepintió de no haber hablado antes con la policía acerca de los regalos anónimos. Se maldijo por haberla dejado sola la noche anterior y se preguntó por qué había decidido ella marcharse a Las Vegas sin decírselo a nadie. Era impropio de Melody, por lo que la posibilidad de que la hubiesen secuestrado tenía cierto sentido.

Lo que estaba claro era que él le había fallado, y eso era inaceptable. Costase lo que costase, haría todo lo posible por recuperarla.

Capítulo Trece

Sentada en el borde del sofá, Melody sopesó la situación. Era evidente que Craig no quería dejarla marchar y ella no iba a poder escaparse. Pero este tendría que dormir o salir de la casa para ir al trabajo en algún momento, y entonces se fugaría.

El problema era qué pretendía hacer con ella hasta entonces.

—Supe que estábamos hechos el uno para el otro la primera vez que te oí cantar —comentó él, sonriéndole con entusiasmo.

—Craig, sabes que estoy con Kyle —respondió ella, sin poder evitar que hubiese miedo en su voz.

—Él no va a poder hacerte tan feliz como yo.

—Tal vez —admitió Melody—, pero lo quiero.

—No te creo. Al fin y al cabo, le has dejado.

—Solo necesitaba un poco de tiempo para pensar.

—¿Para pensar? Si te acusó de haberlo engañado —comentó Craig con el ceño fruncido.

—¿Cómo lo sabes? —preguntó ella, acordándose del oso de peluche y sintiendo un escalofrío.

—Lo oí por ahí. Por eso no te merece. Una mujer como tú jamás engañaría al hombre al que ama.

—No, pero tú también viste la fotografía que me hicieron con Hunter.

—Es que Hunter quiere recuperarte.

Melody se maldijo. Craig sabía demasiado sobre ella.

–Hunter ya sabía que yo estaba enamorada de Kyle –lo contradijo ella.

–Sí, pero también estuviste enamorada de él en el pasado.

Melody negó con la cabeza.

–En realidad, pensé que estaba enamorada de Hunter, pero cuando empecé a salir con Kyle comprendí que no era así. Con Hunter estaba repitiendo un patrón. Cuando salía con él me sentía tan insegura como con mi padre. Este nunca tuvo tiempo para mí cuando era niña, y yo buscaba siempre su amor y su aprobación. Con Kyle es diferente.

A Melody no le gustaba hablar de sus emociones con Craig, pero tenía la sensación de que lo mejor que podía hacer era tenerlo entretenido.

–Tu padre es una persona horrible. Son muchos los artistas que hablan de cómo les arruinó la carrera e intentó aprovecharse de ellos. Y con su familia debió de ser igual.

–¿Y tú cómo sabes todo eso?

–Porque escucho. Y, en ocasiones, grabo conversaciones. Te sorprendería todo lo que ocurre en el estudio cuando no hay nadie.

Melody pensó en las horas que ella había pasado en el estudio, hablando, por ejemplo, con Mia de sus inseguridades y miedos, antes de que Mia y Nate estuviesen juntos. Melody imaginó que Nate se pondría furioso cuando se enterase de lo que Craig había hecho.

–¿Y por qué lo hacías? Eran conversaciones privadas.

—Necesito saber todo lo que ocurre. Los dos últimos estudios en los que trabajé cerraron sin más y no estoy dispuesto a volver a quedarme sin trabajo. Así que quiero saber exactamente qué pasa en Ugly Trout.

—¿Y por qué me grababas a mí?

—No te grababa a ti en concreto, sino todas las conversaciones.

Melody se dio cuenta de que Craig se estaba poniendo nervioso y pensó que tenía que calmarlo.

—Te entiendo. Da miedo quedarse sin trabajo. Si me dejas marchar, no se lo contaré a nadie.

—No sé si creerte —admitió él con el ceño fruncido—. Tendrás que quedarte aquí un tiempo.

—¿Cuánto tiempo?

—Hasta que esté seguro de que puedo confiar en ti.

—¿Y cuánto tiempo piensas que te puede llevar?

Melody también estuvo a punto de preguntarle cómo pretendía retenerla allí, pero decidió que prefería no conocer la respuesta. ¿Y si la ataba y la encerraba en una habitación?

Empezó a darle vueltas a la cabeza. Se había marchado de Los Ángeles sin decirle a Kyle adónde iba. ¿Cuánto tardaría este en preocuparse por ella?

—No lo sé —respondió Craig—. Quiero que estemos juntos. Supongo que cuando sepa que me quieres tanto como yo a ti, podré confiar en ti.

Sus palabras le provocaron pánico. ¿Cómo iba a demostrarle que lo quería? ¿Querría Craig acostarse con ella? La idea la estremeció. ¿La forzaría si se negaba?

–No me encuentro bien –le dijo, abrumada por la situación–. ¿Puedo ir al cuarto de baño?

–¿Quieres vomitar?

–Con el embarazo, tengo náuseas por la mañana.

–Ah, sí, he oído hablar de eso.

«Estupendo», pensó Melody, sintiendo náuseas de verdad.

–¿Dónde está el baño?

Él señaló el camino y Melody se levantó y fue hacia allí, seguida por Craig, que se apostó en la puerta y continuó hablando con ella.

–¿Hasta qué hora duran los síntomas? Ya es mediodía.

–Depende. En ocasiones, no me encuentro bien en todo el día.

Se sentó en la tapa cerrada del váter y enterró el rostro entre las manos.

–Y la sensación empeora si tengo el estómago vacío.

–No hay comida en la casa.

–¿Podrías salir a comprar algo? Lo necesito.

–No quiero dejarte sola.

–Estaré bien.

–Espera un momento. Ahora vuelvo –le dijo él–. No salgas hasta que yo te lo diga.

Preocupada por las consecuencias de desobedecerlo, Melody se quedó sentada en el cuarto de baño, preguntándose adónde habría ido Craig.

Hizo acopio de valor y abrió la puerta. Oyó a lo lejos el ruido de un taladro. Con el corazón acelerado, decidió ir hacia la puerta de la casa, que no estaba muy lejos.

Pero el sonido paró de repente, y ella se preguntó, aterrorizada, si le daría tiempo a llegar a la puerta.

Estaba con la mano en el pomo cuando Craig le preguntó:

–¿Se puede saber adónde vas?

–Quería tomar un poco el aire. Eso me hace sentir mejor.

–A mí me parece que querías marcharte –la contradijo Craig, agarrándola con fuerza de la muñeca.

Ella intentó zafarse, lo golpeó, desesperada.

Y entonces Craig la soltó y ella sintió alivio por un instante, justo antes de notar un dolor fuerte en la mejilla. La bofetada la hizo retroceder, chocó contra la pared y le dolió todo el cuerpo.

Su padre la había pegado en una ocasión, poco después de que su madre se marchase. Melody le había gritado, culpándolo de la marcha de su madre, y él le había dicho que se callase y se fuese a su habitación, pero ella no lo había obedecido. No recordaba bien cuál había sido el detonante exacto de la bofetada.

Jamás lo había perdonado, pero sí que era cierto que había respetado su autoridad hasta que se había marchado de casa con dieciocho años.

–Me has obligado a hacerlo –le dijo Craig, agarrándola del brazo y llevándola hacia las escaleras.

Melody no respondió. Le dolía la cara, pero avanzó con la espalda recta para no hacerle saber el miedo que tenía.

Hizo como aquel día con su padre, encerrarse en sí misma para sobrevivir, y pensar.

Kyle estaba saliendo del aeropuerto de Las Vegas cuando recibió un mensaje de texto de Melody: «Estoy bien. Todavía no quiero hablar».

Sus palabras no lo tranquilizaron. «¿Dónde estás?», escribió de vuelta. «En un hotel. No quiero verte», respondió ella.

Y Kyle supo que no era Melody la que estaba escribiendo aquello.

Estaba preguntándose cómo debía responder cuando lo llamó Logan Wolfe, el experto en seguridad.

–Estuvo en la gasolinera de Barstow con alguien –le contó–. Nos está costando leer la matrícula del coche, pero tenemos una foto de Melody con ese tipo. Te la mando ahora mismo, a ver si lo reconoces.

Kyle miró la pantalla de su teléfono y vio la fotografía. A pesar de que no era de buena calidad, tuvo la sensación de que conocía a aquel hombre.

–No sé quién es, pero se la voy a mandar a Trent y a Nate, a ver si ellos lo conocen. Melody me ha mandado un mensaje diciéndome que está bien, pero estoy seguro de que no lo ha escrito ella. Dice que está en un hotel.

–¿Piensas que es ese tipo el que lo ha enviado?

–Eso tendría sentido –admitió Kyle, mientras enviaba la fotografía a Nate y a Trent.

No le había dado tiempo a colgar el teléfono cuando Nate respondió.

–Espera, Nate dice que se trata de Craig Jameson, un ingeniero de sonido que trabaja en su estudio de grabación.

–Veré qué averiguo de él y volveré a llamarte –le dijo Logan.

Entonces lo llamó Nate.

–¿Quién es este tipo?

–No es nadie. Quiero decir, que es completamente normal. Muy aburrido –le contó Nate–. Nunca le he visto hacer ni decir nada raro.

–¿Y entonces?

–No sé.

–He recibido un mensaje desde el teléfono de Melody hace un minuto diciendo que está en un hotel.

–¿Y piensas que no lo ha escrito ella?

–Pienso que lo ha escrito el tal Craig.

–Así que suponemos que Craig se ofreció a llevarla a Las Vegas –recapituló Nate sorprendido–. ¿Y después? ¿La ha raptado? La verdad es que no tiene sentido.

–¿Qué hacía en Los Ángeles?

–Fue a ver la actuación de Melody.

A Kyle aquello le gustaba cada vez menos. Pensó en las rosas y en la desaparición de la ecografía.

–No sabemos qué ha podido ocurrir exactamente –añadió Nate.

–Yo solo sé que Melody está desaparecida y que la última vez que se la ha visto ha sido con el tal Craig.

–No te alteres –le pidió Nate–. Todos estamos preocupados.

–Lo siento.

–Si necesitas información sobre Craig, llama al estudio y pregunta por Reggie, que puede acceder a todos los ficheros.

–Gracias.

Kyle colgó e iba hacia la calle cuando volvió a llamarlo Logan.

–Ya tenemos la dirección y el teléfono del tipo, pero no responde. He mandado a tres hombres a su casa.

–¿Llamamos a la policía?

–Yo pienso que habría que esperar, todavía no tenemos claro que sea un secuestro. Te volveré a llamar en cuanto tenga noticias.

Kyle necesitaba hacer algo, así que decidió ir al estudio a ver qué podía averiguar. Media hora más tarde, tenía una carpeta delante con todos los datos de Craig. Decidió llamar a su madre.

–Buenos días, señora Jameson, me llamo Kyle Tailor, trabajo con Nate Tucker en Ugly Trout Records, lo mismo que su hijo, al que no conseguimos localizar por teléfono. ¿Sabe dónde lo podríamos encontrar?

–Pues no sé. A veces le gusta ir al casino, pero no apuesta demasiado.

–¿Y sabe cuál es su hotel favorito?

–No, lo siento. Aunque… ahora que lo pienso, mi excuñada tiene una casa en Las Vegas y Craig se ocupa de cuidarla.

–¿No tendrá la dirección por casualidad?

–No, no me llevo bien con la familia de mi ex-marido. Aunque en realidad supongo que Craig no estará allí. Tiene su propia casa, que es muy bonita.

–¿Me puede decir el nombre de la tía de Craig? Voy a intentar buscar la dirección.

–Minerva Brooks, pero me extrañaría que encontrase su dirección.

–Lo voy a intentar, gracias por su ayuda.

Nada más colgar con la madre de Craig, Kyle volvió a llamar a Logan y le dio toda la información.

–Interesante –comentó este–. La casa está en la misma urbanización que la de Trent.

Kyle comprendió de repente cómo había llegado la canastilla a casa de Melody. Juró entre dientes.

–Tiene que estar allí.

–Tú quédate donde estás –le ordenó Logan–. Enviaré a mis hombres.

Pero Kyle no iba a quedarse sentado a esperar.

Capítulo Catorce

Como un tigre enjaulado, Melody recorrió la habitación en la que Craig la había encerrado. Se había hecho de noche y las casas vecinas se veían muy cerca y muy lejos al mismo tiempo.

Había intentado no llamar la atención de Craig, que había bloqueado la puerta, pero no había pensado en la ventana. Melody estaba en el segundo piso, pero decidió que le daba menos miedo la altura que quedarse mucho tiempo más en aquella casa.

No obstante, tendría que esperar a que Craig hubiese salido, no quería que volviese a golpearla.

Le rugió el estómago. No había comido nada desde que habían parado en Barstow, hacía más de quince horas. Craig le había dicho que no había comida en casa, así que antes o después tendría que salir a comprarla. Había asegurado que quería cuidar de ella, así que no iba a permitir que se muriese de hambre. Melody apoyó la oreja en la puerta, pero no oyó nada.

Después de mucho pensarlo, decidió que intentaría escapar al amanecer. Quitó las sábanas de la cama y las ató, pensando en descolgarse por la ventana.

Miró el reloj despertador que había en la mesita de noche. Eran las siete de la tarde. ¿Se habría preguntado alguien dónde estaba?

Había tenido mucho tiempo para pensar y se había dado cuenta de lo mal que se había portado con Kyle. Tenía la esperanza de que este le diese otra oportunidad cuando saliese de allí.

De repente, oyó ruido en el piso de abajo. Voces. Así que corrió a la puerta y empezó a dar golpes y a gritar.

Poco después oyó que quitaban el madero que bloqueaba la puerta y se apartó. La idea que fuese Craig la persona que había al otro lado la aterró. Cuando vio a Kyle, pálido y preocupado, corrió a sus brazos.

Él la apretó con tanta fuerza que casi la dejó sin aliento.

—Ya está –murmuró Kyle–. Estás a salvo.

—¿Dónde está Craig?

—Unos amigos míos se están ocupando de él en el piso de abajo.

—No puedo creer que me hayas encontrado –admitió ella, tomando aliento.

—Siento haber tardado tanto. ¿Estás bien? ¿Te ha hecho daño?

Ella negó con la cabeza.

—Estoy bien.

Él la miró de arriba abajo y vio inmediatamente el golpe que tenía en la cara.

—¿Te lo ha hecho él?

—Estoy bien –insistió Melody–. Te quiero. Y siento mucho lo que ocurrió anoche.

—¿Anoche? –repitió él, como si no supiese de qué estaba hablando.

—Me dijiste que me querías, pero yo me marché

151

–le recordó Melody, con lágrimas en los ojos–. He sido una tonta. Te quiero.

–Y yo también te quiero a ti –le dijo Kyle, tomando su rostro con ambas manos–. Llevo enamorado de ti desde el día que te torciste el tobillo y estuvimos desayunado aquellos bollos de canela y azúcar. Siento no habértelo dicho antes. Ahora, salgamos de aquí.

Melody asintió y bajaron juntos las escaleras.

En el piso de abajo había cuatro hombres corpulentos vestidos de traje negro y camisa blanca.

–Trabajan para Wolfe Security –le explicó Kyle.

–¿Está bien, señora? –preguntó uno de ellos a Melody.

–Sí, gracias –respondió ella, mirando hacia donde estaba Craig, sentado en el suelo, con las manos a la espalda.

–Explícales que lo he hecho porque te amo –le pidió este.

–No –replicó ella con voz tensa.

Kyle la llevó hacia la puerta de la casa y la subió a su coche.

–¿Y la policía? –preguntó ella.

–El equipo de seguridad se ocupará de llamar. Nosotros esperaremos aquí.

Una vez en el coche, Melody se puso a temblar y Kyle la abrazó. Cuando llegó la policía, estaba más tranquila. También mandaron una ambulancia, que la llevaría al hospital para hacerle las pruebas necesarias.

Después de comprobar que tanto ella como el bebé estaban bien, le dieron el alta. Kyle paró un momento a comprar una hamburguesa y patatas fritas.

Y después la llevó a casa para que se metiese en la cama.

—No te marches —le rogó Melody—. Te necesito.

Y Kyle se tumbó con ella en la cama y permitió que apoyase la cabeza en su pecho.

—Hoy he tenido mucho tiempo para pensar —le contó ella—. Y me he dado cuenta de que he cometido muchos errores en los últimos meses.

—Yo también.

Melody lo hizo callar apoyando un dedo en sus labios.

—Esto último ha sido culpa mía, pero quiero que sepas que quiero volver contigo a Los Ángeles. Estoy cansada de Las Vegas.

—Ah —comentó él, sorprendido.

—¿Qué ocurre?

—Que como me dijiste que querías vivir aquí, he empezado a buscar casa. He pensado que podríamos ir y venir. Además, me gustaría que nos casásemos mañana. Lo que más deseo en este mundo es que seas mi esposa.

—Me parece una idea estupenda —respondió Melody, abrazándolo con fuerza—. Yo solo te necesito a ti.

Y con una sonrisa en los labios, empezó a demostrarle que era verdad.

Epílogo

Día quince. Había que contratar a un fotógrafo profesional para que les hiciese fotografías como recuerdo del final de aquel reto.

Habían tardado diez meses en terminarlo, pero Melody había querido hacerse las fotografías con la familia, todos reunidos en la casa que había comprado con Kyle en Los Ángeles.

Después del secuestro, Melody no había querido quedarse en Las Vegas, así que había vuelto a Los Ángeles con él.

Kyle meció a su hija de cuatro meses con los brazos, Lily estaba dormida, y observó cómo Trent discutía con su hijo. A su lado, Melody apoyó la cabeza en su hombro y suspiró.

–¿El nuestro va a ser igual? –le preguntó Nate a Mia, que tenía a su hijo en los brazos.

–Eso espero –murmuró Mia, dando un beso a su hijo en la cabeza.

Había nacido un mes antes de tiempo y era un niño muy pequeño.

–¿Eso esperas? –repitió Nate.

Trent agarró a su hijo del brazo y lo obligó a ponerse en la fotografía.

–Se supone que los niños tienen que ser activos –comentó Mia.

–Una cosa es ser activo y otra, ser salvaje.

–Te mantendrás en forma corriendo detrás de él –comentó Kyle mientras Melody se aseguraba de que el lazo que Lily llevaba en la cabeza estuviese en su sitio.

Se sentía bendecido por tener a dos mujeres tan bellas en su vida.

–¿Estás segura de que no quieres que me la lleve? –le preguntó Melody.

–Sabes que puedo ocuparme yo.

–Eres el mejor padre del mundo –le dijo Melody sonriendo–. Me siento fatal por tener que dejaros aquí dos días.

–Podríamos ir contigo –sugirió Kyle–. Me organizaré e iremos a ver tu concierto de San Francisco.

–Me encantaría, pero prefiero hacer la prueba de si puedo estar separada de vosotros dos días.

Aquella sería su primera actuación después de haber tenido la niña.

–¿Y por qué no haces la prueba de llevar de gira a tu familia?

Todavía no habían decidido cómo iba a compaginar la música con su papel de madre.

–Viajar puede ser muy estresante –le advirtió ella.

–Lo sé. Me pasé doce años viajando con el equipo de béisbol.

–Pero no tenías un hijo por el que preocuparte.

–Me da igual. Quiero que estemos juntos y quiero que te conviertas en una gran estrella. Y haré lo que esté en mi mano para que ocurra.

–Eres maravilloso –respondió ella emocionada–. No puedo llorar porque se me estropearía el maquillaje.

–¿Está todo el mundo preparado? –preguntó el fotógrafo.

Y todo el mundo lo miró sonriente. Detrás de Savannah, Trent y Dylan, Kyle sonrió con orgullo y felicidad, lo mismo que Nate a su lado. Solo un año antes, los tres dueños del Club T habían empezado a salir con tres mujeres que iban a quedarse en sus vidas.

Desde entonces, Trent habían conseguido cerrar viejas heridas, Nate había encontrado el amor de la mujer de sus sueños, y Kyle había aprendido que compartir sus pensamientos y sentimientos con Melody enriquecía su vida.

–Gracias por hacer realidad mis sueños –le dijo este último a Melody.

–¿Tus sueños? –repitió ella–. La afortunada soy yo, por teneros a los dos. Jamás imaginé que podría ser tan feliz.

–Sea lo que sea lo que nos depare el futuro, siempre nos tendremos el uno al otro.

A Melody le brillaron los ojos.

–Y no puede haber nada mejor.

Bianca

Una inesperada noche con el sultán...

HEREDERO SECRETO

KATE HEWITT

La inocente Gracie Jones anhelaba vivir aventuras. Una noche mágica, se encontró en brazos del carismático Malik al Bahjat, descubriendo a la mañana siguiente que era el heredero al trono de Alazar. Expulsada de su lado por la familia real, Gracie tuvo la certeza al cabo de unas semanas de que, a consecuencia de aquella noche, se había quedado embarazada.

Cuando Malik supo la verdad, diez años más tarde, irrumpió en la vida de Gracie. Arrastrándola consigo a su magnífico reino, fue conquistándola, beso a beso, con la intención de legitimar a su heredero y satisfacer su deseo, para lo que necesitaba coronarla como su reina del desierto.

Acepte 2 de nuestras mejores novelas de amor GRATIS

¡Y reciba un regalo sorpresa!

Oferta especial de tiempo limitado

Rellene el cupón y envíelo a
Harlequin Reader Service®
3010 Walden Ave.
P.O. Box 1867
Buffalo, N.Y. 14240-1867

¡Sí! Por favor, envíenme 2 novelas de amor de Harlequin (1 Bianca® y 1 Deseo®) gratis, más el regalo sorpresa. Luego remítanme 4 novelas nuevas todos los meses, las cuales recibiré mucho antes de que aparezcan en librerías, y factúrenme al bajo precio de $3,24 cada una, más $0,25 por envío e impuesto de ventas, si corresponde*. Este es el precio total, y es un ahorro de casi el 20% sobre el precio de portada. ¡Una oferta excelente! Entiendo que el hecho de aceptar estos libros y el regalo no me obliga en forma alguna a la compra de libros adicionales. Y también que puedo devolver cualquier envío y cancelar en cualquier momento. Aún si decido no comprar ningún otro libro de Harlequin, los 2 libros gratis y el regalo sorpresa son míos para siempre.

416 LBN DU7N

Nombre y apellido	(Por favor, letra de molde)	
Dirección	Apartamento No.	
Ciudad	Estado	Zona postal

Esta oferta se limita a un pedido por hogar y no está disponible para los subscriptores actuales de Deseo® y Bianca®.
*Los términos y precios quedan sujetos a cambios sin aviso previo.
Impuestos de ventas aplican en N.Y.

SPN-03   ©2003 Harlequin Enterprises Limited